悪魔のトリック

青柳碧人

祥伝社文庫

目次

序

その廃工場は、もう何年も前に操業が停止され、放っておかれていた。周囲には雑草がはびこり、人気（ひとけ）はない。遠く山から吹き下ろしてきた秋の風が、その枯れた雑草をなでながら通り過ぎていく。

二人の制服姿の中学生が走ってくる。先を行く背の高いほうの少年は、何かに興奮しているようだった。

「おい、早く来いよ」

重い扉を開き、背の高い少年はもう一人を振り返った。

「ああ」

二人は工場の中に入っていく。電気は止められており、薄暗い。

ひび割れたコンクリートの地面、壊れた木箱、壁際に積まれた汚いサンダルの山、鉄筋の柱、スプレーで落書きのされたシャッター……。

背の高い少年はカバンを下ろすと、中から一冊の古びた本を取り出した。

「これだよ」

付箋の貼られたページを開いて、もう一人の少年に見せた。

「……読める」

もう一人の少年が信じられなそうにつぶやくと、「だろ！」と背の高いほうの少年は嬉しそうに叫び、ページを開いたまま床に本を置く。そして、カバンの中から今度はろうそくを何本か取り出した。二人は、本の周囲にろうそくを並べ、火をつけた。そこにはすでに、「儀式」の空間が出来上がっていた。

「いいか」

背の高いほうがもう一人の顔を覗き込む。

「真面目に、敬虔な気持ちで」

「わかった」

二人は本に目を落とし、そこに書かれている呪文を唱え始める。意味などわからないだろうが、そのまなざしは真剣だった。やがて、次第に窓の向こうが暗くなっていく。風がシャッターを揺らし始める。二人はその変化に気を取られることなく、一心に呪文を唱え続ける。

不意に冷たい風が吹いた。ろうそくの火が消えた。

「わあ！」

二人の少年は尻もちをついた。

けたたましい笑い声と共に、人魂（ひとだま）のような鈍（にぶ）い光が灯った。本の上に、黒いモノがいた。大人の人間と同じくらいの背の高さだ。だが、服は着ておらず、全体的につるんとした印象だった。髪の毛はなく、邪悪な黄色い目と、耳まで裂（さ）けた真っ赤な口。そして何より奇妙なのは、肌全体が、闇のように真っ黒だった。

「やっと解放されたわ、これで思う存分暴れられる」

それは、しゃべった。

「あ、あなたは……？」

背の高いほうの少年が問うた。

「やあね、あんたたちが蘇（よみがえ）らせてくれたんでしょ、悪魔よ」

「悪魔？」

「そう。ねえあんたたち、誰か、殺したい相手、いる？」

二人の少年は顔を見合わせ、また悪魔のほうを向いて首を振った。

「何よ、つまんないの。まあいいわ。復活させてくれたお礼に、この先あんたたちがすごく殺したい相手ができたときには、必ずあなたたちの前に現れる。私が授（さず）ける【悪魔の力】は使いようによっちゃ、何よりも強い者になれるんだから」

恐怖と焦燥の混じった沈黙のあとで、背の高いほうの少年が笑いはじめた。

「そりゃ、すげえ。俺に歯向かう者はいなくなる。馬鹿にされることもなくなる」

悪魔は満足そうに、真っ赤な口をさらに横に開き、不気味な笑顔を見せた。

「あら、あんた、とってもいい顔ね。特別に優先的に現れる資格をあげるわ。おでこを貸しなさい」

少年が顔を差し出すと、悪魔はその額に尖った爪をもつ指をあて、何かを記した。

「おでこを触りながら祈ってくれたら、飛び切りの【悪魔の力】を揃えて現れるから。さあ、お友だちも、額を出して」

悪魔は、もう一人の少年に顔を向ける。

「……いらない」

少年は答えた。悪魔は意外そうな顔をした。

「どうしたのよ、【悪魔の力】は、人の想像を超える、ものすごい力なのよ。工夫すれば、誰にも知られずに嫌な奴を殺せるの」

「俺はこの先、誰も殺したいなんて、思わない。消えろ！」

少年は震えながら、それでも叫んだ。まるでそれが、この世の真理であるとでもいうように。

第一話　モーター姫は沈まず

1

南川静香（みなみかわしずか）は、『月刊ＲＸ（アールエックス）』を開いていた。昨年、静岡市の本社で開かれた「ハワード・フェスティバル」の特集グラビアだ。〈モーター姫に、みんなメロメロ〉という見出しの横には、静香をモデルにした萌（も）えキャラクター、ウェーブしずかがウィンクしたイラストが描かれている。見開き二ページを使って掲載されているのは、トークショーの後のラジコンファンたちとの集合写真。その中央では、ミニスカートの水兵衣装に身を包んだ静香が、モーター搭載型のＲＣボート「ＱＪＳファルコン１２００」を抱（かか）えて満面の笑みを浮かべていた。

今週末にはまた、愛知でのイベントがある。新しいモーターを搭載したモデル「ＱＪＳファルコン１４００」を発表する予定だ。ファンたちにもてはやされる姿を想像すると、静香の胸は高鳴ってしょうがないはずだった。

たった一つの、不安さえなければ。

——殺す。

ふと、静香の頭の中にその言葉がよぎった。

今に始まったことじゃない。古岡が本当のことを話すと言い出した時から、考えていたことだった。

「本当のこと」の何が大事だというのだろう。ファンがほしいのは、美貌の女性エンジニアが苦労に苦労を重ねて開発したモーターだ。レスリング崩れのデブ男が汗まみれになりながら作った物だと知っていたら、今ほどあのモーターが売れたわけはない。

事実を知られるのが嫌なら、自分の女になれ。——思い出すだけでもおぞましい言葉。鏡を見たことがあるのだろうか。車に轢き殺されたガマガエルのような男が、南川静香と釣り合うとでも思っているのだろうか。

——古岡真一郎を殺す。

そう。その選択こそが最良なのだ。《ウェーブ・ハワード》にとっても、ファンにとっても。あんな男によって、私の栄光が沈没させられることがあってはならない。

でも、実際に殺すとなると、どうすればいいのかわからない。ただでさえ、女と男の差があるうえに、相手は体重百キロという巨軀。脂肪の塊のように見えて、レスリング時代に培った筋力は相当のものだろう。高校時代に拒食症を患い、以後炭水化物を受け付けず、サプリメントとサラダとゼリー飲料しか食べられない体となった自分が力ずくで倒せる相手ではない。

静香は両手で額を押さえた。相手は、自殺を考えるような性格ではない。薬を使えば事件性が疑われてしまうだろう。事故に見せかけるしかない。でも、たとえ車で轢いたとしても簡単に死にそうもない相手だ。……何かうまい手はないだろうか。

……ねえ、とってぇー。

声が聞こえた気がした。静香は額から手を離し、顔を上げる。

「ねえ、とってってばー」

気のせいではなかった。野太いわりにやけに剽軽さを感じさせる声――。この部屋には静香一人しかいないはずだ。

「ねえ、聞いてるのお？」

リビングを見回す。ソファーにラック、テレビ。そして、《ウェーブ・ハワード》のRCボートが並ぶガラスケース。誰もいない。

「窓の外よお」

はっきりと、背後から聞こえた。立ち上がり、ソファーの背に面したカーテンを開く。

マンション八階のバルコニーの向こうには、夜の闇が広がっているだけだ。クレセント錠を外し、バルコニーに出る。

と、柵の向こう、下からゆっくりと、赤いものが上がってきた。それは、紐のついた風船だった。風に揺られながら頼りなくふわふわと、しかし確実に、静香のもとへ上がってくるように見えた。誘われるように手を伸ばし、その紐を摑んだ。

「ありがとう。中に入れてよー」

風船から聞こえているのだろうか。それとも、耳に直接届いているのだろうか。静香は不思議な心持ちで、風船を持ったまま部屋に戻る。

「えっ？」

静香の顔ほどもなかったはずの風船は、一抱えもある大きさになっていた。不思議に思っていると風船はひとりでに動き、ぽーんとソファーに弾み、カーペットの上で転がった。そのあいだもどんどんと膨らむ。

「な、何よ」

もう外へ追い出せる大きさではなかった。そして、表面のゴムが何か尖ったもので押されている。手だ。中に誰かが入っている。いつの間に、中に入れたのだろう。茫然とする静香の前で、ついに風船は破裂音と共に割れた。

「きゃっ」

身を守りながら目をつぶる。おそるおそる目を開けると、そこには泥水を吸わせたような色のマントを身にまとった、得体のしれないものがいた。髪の毛はなく、つるんとした顔は真っ黒だ。マントから覗く手や裸足の足も同じく真っ黒。自転車のライトのように黄色く光る目が静香を捉えている。

驚きはしたが、不思議と、大声を上げたり逃げ出そうという気にはならなかった。それどころか静香は、目の前のそれが、自分の願いをかなえてくれそうな気すらしていた。

「あんた、強い殺意を抱いていたわね？」

真っ赤な口を開き、それは訊ねた。

「一時的な気の迷いなんかじゃなく、本当に本当に、心の底から相手がいなくなればいいと念じたわね」

「……ええ」

ひゅう、と口笛のような音を立て、それは嬉しそうにカタカタとステップを踏んだ。

「正直でよろしい。それにしても、いい顔ねえ。殺意を持った人間の顔っていうのはどうしてこうも、魅惑的なのかしら」

「あなたは、誰？」

「やあだ、決まってるじゃない。悪魔よ」

「悪魔？」

「そう。あなたが殺したくても殺せない相手を殺すお手伝いをしにきたの」

「それじゃあ、あんたが古岡を……？」

ちちちちち、と、悪魔は尖った指を振った。

「私たち悪魔は直接手を下さない。私はあなたに、人間が普通に生きてたんじゃ決して得ることのできない、【悪魔の力】を与えるだけよ。ただ、【悪魔の力】それ自体は、そんなに危ないものではないけれどね」

悪魔は気味悪く笑うと、右手の人差し指（よく見ると指が四本しかないので、そう呼んでいいのかどうかわからないが）で空中に四角形を描いた。その四角形は忌まわし気な紺色の光を放ち、折り畳まれたファイルのようなものに変わり、悪魔の手の中に落ちた。

「カタログよ。この中から一つだけ、あなたに授けてあげるわ」

まるでメニューを勧めてくるウェイターのように、悪魔は静香にそれを開いて見せた。禍々しく、見たこともないミミズ文字が並んでいる。しかし、なぜか静香の頭には、その意味するところがわかるのだった。

【ネズミに言うことを聞かせる力】

【強力な磁力を発する力】

【草木を腐らせる力】

【壁をすり抜ける力】……

たしかに、人知を超えた力なのだろう。しかし、自分には役に立たないものばかりだと落胆した。

「ネズミじゃなくて、人間に言うことをきかせることはできないの？　自分から、走ってくるトラックの前に飛び出るように仕向けるとか」

「他人に直接危害を加えるような力はないの。誰かの体を操ることもそれに含まれるでしょう」

「じゃあせめて、時間を止められる力とか」

「もう、人間はすぐそれを言う。いくら悪魔にだって、時間を止めるなんてこと、できるわけないでしょうが」

静香はもう一度、そのメニューを見る。やっぱりこんな力を授かったところで、体重百キロ超えの力の強い男を、四十キロを少し超えるだけのか弱い女が殺めることはできない。それでも先を読んでいくと、静香の目は、【金属や石をかみ砕く力】の次に書かれているミミズ文字に釘付けになった。

この力は……。静香の頭の中に、まるでビルの建設作業を早送りで見るかのように整然と、計画が組みあがっていく。この力を使えば、ひょっとすればあいつを殺すことができるかもしれない。それも、事故に見せかけて。

「この力を、私にちょうだい」

黄色い目で静香の指さす先を見て、悪魔は「へぇ？」と黄色い目を丸くした。

「こんなので、いいの？」

「ええ。これしかないわ」

「まあ、あなたが言うならいいけど」

悪魔はカタログを受け取るとぐしゃりと握(にぎ)りつぶして灰のようにかき消した。そして右手を広げ、静香の頭にかざす。

「そうそう、最後に確認よ。あなたが人を殺すのに失敗したり、その力を使って人を殺したことが誰かに知られたら、酷(ひど)いことになるかもしれないけれど、いい？」

失敗？　静香は笑いそうになった。頭の中には、もう計画ができあがっている。

「私が失敗するわけないじゃない」

悪魔は「気に入ったわあ」と嬉しそうな声をあげた。

「いい？　悪魔は『健闘を祈る』なんてことは言わない。せいぜい、相手の幸運を呪(のろ)ってあげるわ」

ぐがん、と、悪魔の手から放たれた何かが、静香の体内を巡った。目の前が暗くなり
――、ふと気づくと静香はソファーに座っていた。

もう、悪魔はいなかった。

2

新宿東署・刑事課に出勤すると、デスクの上はすっかり片づけられていた。有馬孝信は椅子を引いて腰かけた。周囲を見るが、自分の知らないことで忙しそうにしている。

「都賀さん」

そばを通り掛かった先輩刑事に声をかける。

「何か、手伝うことは？」

「いや、ない」

都賀はすげなく答えた。

「何か、やらせてくださいよ」

「いいって。まだ新しい相棒も決まってないんだろう？」

「そうですけど……」

「今日のところはまあ、ゆっくりしていろよ。できそうなことがあったらお願いするから」

気を遣うような口調だった。都賀の後ろ姿を見送りつつ、無理もないと有馬は感じていた。二か月ぶりの職場復帰。しかも、異動は確実と目されている。

七月の末のことだ。有馬は同僚の小滝と共に、管内のとある住宅街で張り込みをしていた。砂壁にひびの入った、二階建てのアパート。その二階の一室が、覚醒剤取引の場として使われているという情報が入っていた。同じアパートの住人への聞き込みによれば、アジア系の外国人夫婦が入居しており、複数の白人が出入りしているということだった。すでに面が割れているある売人の写真を見せると、出入りしている白人に似ているという証言が得られたので、現場を押さえるために、向かいに位置する印刷所の倉庫の一角を借りていた。

午後十時を回り、怪しい動きが何もないまま、張り込みも十四時間を超えようという時だった。対象のアパートと二人がいる印刷所の倉庫のあいだの細い道を、帰宅途中と思しき二十代の女性が歩いていく。女性は右肩からブランド物のハンドバッグを掛けていた。突如、彼女の背後から走ってきた黒いジャンパーの男がハンドバッグをひったくって走り去っていった。

有馬はすぐさま窓を開き、飛び出した。塀を乗り越え、男を追いかける。足には自信があった。

「待て！」

呼び止めると、ひったくり犯はちらりと振り向き、方向を変えて路地に入った。有馬が追ってきているのを認めると、男は塀を乗り越えた。有馬もその塀に飛びつき、向こうに飛び降りた……までは良かったが、直後に腿に激痛が走った。錆びた鉄棒が腿に突き刺さっていた。後で知ったところによると、有馬が飛び降りた先には、その家でずいぶん前に飼っていた大型犬の檻が錆びて壊れたまま放置されていたらしい。ひったくり犯は少し離れたところで、ハンドバッグを放り出してもんどりを打っていた。

その後の記憶はあまりなく、気づいたのは病院のベッドの上だった。時間は三時間も過ぎていた。枕元にいた小滝が言うには、有馬は足に棒が刺さり、血まみれでひったくり犯にしがみついたまま、気絶していたのだという。棒は有馬の足を貫通して筋肉を傷つけた他、大腿骨にもひびが入ったとのことだった。歩けるようになるまで二か月ほどの入院をせよと医師には告げられてしまった。

小滝が再び見舞いに来たのは五日後のことだった。例のアパートの外国人夫婦、あの日以来、姿を消しちまった――、と彼は暗い顔で告げた。有馬がひったくり犯を捕まえた件はあの界隈で話題になった。その話題にはなぜ刑事が印刷所にいたのかという疑問ももちろん含まれており、真意を悟った外国人夫婦（今となっては本当に夫婦かどうか知れないが）は早急に行方をくらましたのだろう、というのが上司の推測したところだった。当然、有馬と小滝は責任を取らされることとなり、小滝は会計課に異動が決まったのだという。

お前の処遇は、退院してから直接告げられるそうだ、と小滝は言った。悪い、俺のせいでと弁解する有馬を、小滝は遮った。

お前は正しいことをした。ただ、運が悪かっただけだ。――責めまいとする口調が、余計にずっしりと有馬の胸にのしかかった。

刑事課は警察の花形だ。有馬も小滝も別部署での勤務を何年か経て、ようやく念願叶って刑事課に配属になったところだった。二か月間の入院期間、小滝は毎週見舞いに来てくれたが、無念さを隠そうとする彼の顔を見て有馬は余計にやりきれなさを感じていた――。

「有馬」

刑事課入り口のドアの向こうから、佃課長が声をかけてきていた。

「はい」

「ちょっと、来てくれるか」

同僚たちの視線をそれとなく感じる。いよいよか……。すべての目がそう語っている。

しかたない。どんな処遇でも受ける覚悟はできている。

課長は刑事課入り口から階段のほうへ行くと、上階へと向かいはじめた。もう普通に歩けるようになったのか、などという世間話めいた質問に生返事をする。課長は異動先の部署へ自分を連れて行こうとしているに違いない。上の階というと、生活安全課か、少年課、それか、やはり会計課かも知れない。

ところが、課長の足が止まったのは意外な部屋の前だった。

「署長室?」

有馬は思わず課長の顔を眺める。課長は答えず、ドアをノックする。入れ、と返事があり、課長はドアを開いた。

「失礼します」

課長に続いて頭を下げ、部屋に入る。黒檀製の机の前に、大島署長と一人の男が立っていた。その男に、有馬はしばし見入ってしまった。

黒いシャツに黒いスーツ、黒い靴。ネクタイだけが白い。痩身で背は高く、頭髪はぴっちりとしたオールバック。全体的に尖った印象を与える輪郭。わし鼻にぎょろりとした目。年齢はいくつくらいなのだろう。三十代前半にも見えるが、四十代後半にも見える。空気一つも動かさないような直立不動なのに、なぜかその顔を見ているだけで胸騒ぎを与えるような男だった。警察官には見えず……どこか、妙だ。いったい何者だろう。

「有馬孝信くんだね」

署長が口を開いた。

「はい」

有馬は背筋を伸ばす。

「ひったくり犯を捕まえた代償に右足に大けがを負い、二か月の入院生活を経て戻ってきた。間違いないね」

「はい」

「よろしい」

署長は一度、傍らの痩身男を見上げ、再び有馬のほうに顔を戻した。

「突然だが、君には今日から特任のほうに回ってもらう」

「とくにん？」

「特別任務を与える、という意味だ。犯罪を暴く、という点は変わらん」

望外の発言だった。

「刑事課に残れるということですか？」

「特任と言ったろう。彼の下についてもらう。詳しくは彼のほうから説明してくれる」

と、彼と言われた痩身男は前へ出た。有馬の顔から目を離さず、ゆっくりと近づいてきて、有馬を見下ろした。睨(にら)むというより観察すると言ったほうがいいような目つきだった。

「あ、有馬孝信です」

戸惑(とまど)いながら自己紹介をしたそのとき、この男の何が妙なのかようやくわかった。瞬(まばた)きをしないのだ。ぎょろりとした目でこちらを見つめたまま、その顔の表情は一切動かない。

「九条一彦(くじょうかずひこ)だ」

その男は口を開いた。

「というわけで、今日からは刑事課の仕事はない」

課長は有馬に言う。

「でも、特任の部屋はないので、デスクはそのまま残しておくから書類のことなどは引き続き刑事課のあのデスクで……」

「貴様(きさま)、車の運転はできるか？」

九条は、課長の言葉をぶった切るかのように言いながら、有馬の顔を指さした。ナナフシのように細く、それでいて指さされると動けなくなってしまうような威圧感がある。それにしても、いくら年下の部下とはいえ、貴様という呼び方はないのではないか。唐突過ぎてむっとするより呆れてしまった。咎めてくれるかと思いきや、課長は話しかけていた口をすっかりつぐみ、署長も何も言わない。

この九条という男は、本庁、つまり警視庁から出向してきた男なのではないか。有馬はそう感じた。階級も課長より上、いずれは署長より上になる存在だと考えれば、この傲岸にも見える態度も納得できる。黒いシャツと白いネクタイという刑事らしからぬ格好は気になるが、このスタイルも偉ければこそできるのかもしれない。

「運転はできるか、と訊いている」

いろいろ考えていたら、九条はもう一度言った。

「は、はい」

「じゃあ早速、出せ」

「出せと言われましても……」

署長が有馬に近づき、鍵を握らせる。

「三番車庫に入っている車を使いなさい」

その目はまるで、この男に口答えなんかするんじゃない、とでも言っているように見えた。

3

初台までは少し混んでいたが、首都高四号新宿線に乗ってからは渋滞はなかった。運転しやすく、乗り心地はすこぶるいい車だ。天気も良く、ビル群の上にはクレヨンで塗ったような青空が広がっている。しかし、ハンドルを握りながら、有馬の気は晴れなかった。

理由はもちろん、助手席に乗っている九条という男にあった。

署の駐車場で車に乗り込み、どこへ行くのかと訊ねると、九条はフロントガラスをまっすぐ見据えたまま、「西へ」とだけ言った。

「西っていっても……」

「山中湖だ」

予想外の地名に、有馬は戸惑った。

「そんなところで、何が……管内の事件の犯人がいるのですか？」

「行けばわかる」

それきり、一言もしゃべろうとしないのだ。ひったくり犯を捕まえるために売人を逃してしまった自分を呪いつつ、有馬は車を出した。そしてもう数十分、沈黙のドライブを続けている。

　刑事の中には話が苦手な人間も多くいる。それにしてもこの男は異様だ。一切コミュニケーションを取ろうとしないこんな男の部下に、なぜならなければならないのか。

「九条さん」

　たまりかねて有馬が声をかけたのは、八王子ジャンクションを過ぎたあたりだった。

「やっぱり教えてもらえませんか、山中湖で何があったのか」

　横目で一瞬、助手席を見るが、九条は膝の上で手を組んだまま微動だにしない。目は相変わらず開いたままなので、寝ているわけではなさそうだ。やっぱり無理か、と思ったそのとき、

「知らん」

　と声が返ってきた。

「はい?」

「何があったのかは知らん。はっきりとわかるのは、人が人によって殺されたことだけだ」

「どういうことです?」

「貴様、悪魔を信じるか?」

まるで、壊れてしまった機械と話しているかのような感覚だ。話がちぐはぐで、おまけにわけのわからない気味の悪いことを言い出す。

「悪魔は直接人に手を下すわけではない。殺意を抱いた人間の前に現れ、選択肢の中から人間が選んだ【悪魔の力】を授けて去っていく」

有馬の返事など待つ様子もなく、九条は言葉を連ねる。病気なのではないだろうかと有馬は心配にすらなった。

「人間が【悪魔の力】を弄して他者を殺めた場合、現場となったその上に星が出る。忌まわしき闇の光を放つ、〝悪魔の星〟だ。星の出た夜、私は夢の中で空を浮遊する。そして、星が出た正確な位置を知ることができる。山中湖だ」

もう有馬はまともに話を聞くのをあきらめていた。あとで課長に連絡をして、この男の下につくことは勘弁してもらえないかと嘆願してみよう。これだけ異常な発言が多いのだから、いくら本庁の人間とは言っても、現場から外されるに違いない。

「貴様、信じていないな?」

九条は急にくるりと、運転席のほうに顔を見せた。

「すみませんが九条さん、その、『貴様』というのだけはやめてもらえませんか？」

「では何と呼べばいい」

意外にも、これには反応してくれた。

「有馬、と呼び捨てでいいので」

「よかろう。有馬、貴様の友人に秋部という男がいるだろう」

名前のあとに貴様と呼ばれてしまったのでは意味がない。そう指摘する気力も失せていた。

「秋部豊正ですか」

小学校から中学校までの同級生だった。四年前に起業して《ピースフル・ドラゴン》というＩＴ系の企業を立ち上げた。いろいろ手広くやっているが、最も有名なのはＳＮＳ型絵本製作サイト《ドリュム・アンデルセン》だろう。絵本にしたい話や詩を投稿するユーザーと、それにイラストをつけたいユーザーが出会い、同じ文でも違うイラストが楽しめる、次世代型の絵本製作システムということだった。中には実際に出版社の目に留まって書籍化された作品もあり、文章作成とイラスト作成を合わせて、登録ユーザーは四百万人を超えているという。

秋部がそんなことをしているというのは噂に聞いているばかりだった有馬だが、秋部に密着したドキュメンタリー番組を、入院先の病室にあったテレビでたまたま見ていた。

九条が秋部の名前を出したことは意外だったが、考えてみれば彼と有馬が同級生であることを知っていても不思議はない。小滝や他の同僚にだって話したことはあるし、そうでなくても本庁の情報網を使えば簡単にわかることだろう。

「あの男が成功したのも悪魔のしわざだと言ったら、わかるか」

「なんですって？」

「その調子ではまだ気づかぬようだな」

それきり九条は黙ってしまった。本当に気味の悪い男だ。

4

山中湖インターチェンジを降りて少し走ると、湖にはすぐにたどり着いた。一周しても何も事件が起きていなかったら、九条もあきらめるだろうとさらに車を進めていく。また何か言いがかりめいたことを口にしたら、そのときは地元の警察署にでも行き、殺人事件など起きていないことを証言してもらうだけだ。課長に電話を入れて抗議するのは、そのあとでもいい。

「見えてきたぞ」

突然、九条が前方を指さした。

《近本貸しボート》という看板の出ている駐車場に、パトカーが数台停まり、パトランプを回しているのだった。駐車場とボート乗り場の間には規制テープが張られている。まさか……と、わずかにぞっとする思いで、有馬は車を駐車場に乗り入れた。

「ああー、すみません、今ちょっとここ、立入禁止で」

　車を降りると、立哨していた制服警官が近づいてきた。

「ええと、新宿東署から参りました、有馬と申しますが」

「新宿というと、東京の……？」

　有馬の差し出した警察手帳に目をやり、制服警官は首をひねる。当然だ。所轄も違えば、都道府県すら違う。

　音もなく、九条が一歩前へ出た。両手を後ろに組み、背筋を伸ばしたまま制服警官を見下ろす。

「九条が来たと伝えろ」

　制服警官はまるで九条の目に吸い込まれそうな表情だったが、「はっ、失礼しました！」と敬礼をし、現場のほうへ走っていった。不思議に思っていると、ほどなくして制服警官は、スーツ姿の年配の刑事を一人伴って戻ってきた。

「富士吉田署の高沢です」

「九条だ」

「有馬です」

高沢刑事は若干緊張した面持ちで、声を潜めた。

「マルディー案件だそうですね。まさか、管内でこのような事件が起こるとは」

有馬のことをまるで無視し、九条にだけ話しかけているようだった。マルディーとは何なのだろう？　マルボウなどと同じ隠語だというのは察しがつくが、聞いたことがなかった。

「遺体はどこだ？」

遺体だなんて、本当に殺人事件なのかどうかすら確認していないのに……という、有馬の心配は無駄に終わった。

「こちらです」

高沢刑事は当たり前のように答え、湖のほうへと歩いていく。九条と有馬はその後ろをついていった。

ボート乗り場の桟橋に、警察関係者たちが集まっていた。オレンジ色と青い色のボート、それに、よく見るスワンボートが合計で三十ほどあるだろうか。遺体はそのスワンボートに見守られるように桟橋に寝かされ、銀色のシートが掛けられていた。

　九条はそのシートの脇に音もなくしゃがみ込むと、革手袋をしたままの手でシートを取ろうとした。本当に目の前に遺体が現れたことに茫然としていた有馬だが、慌ててシートを掴む。

「僕がやりますよ」

　勢いよくシートをめくったので、水滴が顔に跳ねた。

　現れたのは、ずいぶん大柄な男性の水死体だった。体重は百キロ以上ありそうだ。黒いパーカーを着て、ずいぶん色あせたジーンズを穿いている。

「古岡真一郎、三十歳。エンジニアだそうです」

「具体的にどういう機械に携わっている男だ？」

　高沢の報告に、九条は質問を返していた。高沢はメモ帳に目を落とす。

「《株式会社ウェーブ・ハワード》という、模型やラジコンを作っている会社のエンジニアです。本社は静岡県静岡市にありますが、山中湖町には模型船やラジコンボート専用の支社と工場があり、古岡はそこで模型船のエンジンの開発をしていました」

　なかなか興味深い仕事だと有馬は感じたが、九条は眉毛一つ動かさない。高沢刑事は続けた。

「仕事柄、この湖に来ることはよくあり、ここのボート屋の経営者とも顔見知りでした。

第一発見者も、その経営者です。話を聞きますか？」

無言のままうなずく九条。ほどなくして高沢の部下が、六十過ぎの小柄な男性を一人連れてきた。

「近本といいます。ここのボート屋のおやじです」

「今朝、古岡さんを発見したときのことをこの方にもう一度話してもらえませんか？」

高沢刑事は近本に対して丁寧な言葉づかいで頼んだ。「この方」とは、九条に気を遣い過ぎではないかと有馬は疑問に感じたが、近本は気にした様子もなく話をはじめる。

「私は住まいは鳴沢のほうなんですが、いつも朝の七時半にはこの乗り場にやってきます。体操をして、桟橋やボートを掃除するわけですが、今朝来たらボートが足りないことに気づいたんです。十二号という青いやつです。ボートは毎日しっかりつなぎ留め、営業が終わった後に一つ一つ確認しますから、勝手に流れることはないはずなんだがと、湖のほうを見ると、五、六十メートルほど向こうに大きなもんが浮かんでいるのが見えたんです。双眼鏡を持ってきてよーく見たら、うつぶせになった人でして、慌てて警察に電話したわけです」

自分たちが到着したのは八時すぎのことで、近本のボート三艘で沖へ出て、死体を桟橋まで引き揚げたと、高沢が補足した。

「ずいぶん大きな人が引き揚げられたんだなあと思っていたら、古岡さんだったから、びっくりしてしまったんです」

恐ろしい経験だったとでも言いたげに、近本は額をせわしなくこすった。

「古岡さんは自分のモーターを搭載したラジコンボートをよくこの近くで試しておってね。初めはうちのボートにぶつけて言い合いもしたもんだが、最近は仲良くしていたんですよ」

「古岡は恨みを買うような人間だったのか」

九条の質問に、近本は首を振った。

「私にはそんなふうには見えませんでしたがねえ。会社の人間関係まではよく知らないが」

「夜中にここに忍び込んでボートを出すことは可能か？」

「やろうと思えば、やれると思いますねえ。ボートはきつく結んではいるけれど、別に鍵はかかっていないから」

「なくなったボートは見つかったのか？」

質問が矢継ぎ早だ。近本は首を振った。

「それについては今、うちのダイバーが探しています」

高沢刑事が湖のほうを見る。二人のダイバーが水面に顔を出していたが、また潜っていった。

「《ウェーブ・ハワード》のほうには、部下が二人聞き込みに行きましたが、そこからの報告によれば古岡はカナヅチだったそうです」

九条は何も言わず、ダイバーたちの立てた波を凝視している。彼の発言を待つかのように、富士吉田署の面々も沈黙した。九条は黙ったまま、なぜか有馬の顔を見た。何か質問はないかと問われているような気がした。

管内の事件ではないのに首を突っ込むのは正直なところ気が引けるが、仕方がない。

「そもそも、古岡さんはボートに乗ったことがあるんですか？　カナヅチの人はボートには乗りたがらないと思うんですが」

「ええ、そうでしょうな」

有馬の質問に近本は即座に答えた。

「少なくともうちでボートを借りたことはありません。いつもこの近くの岸辺から模型のボートを浮かべて、性能のチェックだと言って走らせるだけです。もう一人の方と一緒にね」

「もう一人？」

　九条が片方の眉毛を上げる。

「古岡さんと同じ会社の、南川さんという女性のエンジニアですよ。まだお若くて、綺麗でねえ。ラジコンボートの業界じゃあ、モーター姫なんて呼ばれて、ものすごい人気だそうですよ。ウェーブしずかっていう、ぬいぐるみまで作られちゃってね」

　近本の口元は、緩んでいた。

「本当に、テレビに出ている人みたいに綺麗なんだから。私の見たところ、古岡さんはあれ、彼女に惚れていたね」

　まるで目の前に彼女がいるような、でれでれした笑顔だった。このボート屋のおやじもその女性に気があるのではないかと、有馬は勘ぐっていた。

5

　ＱＪＳファルコン１４００の紫色の船体が、プールの水面に浮かべられた赤いブイの間をすいすいと縫っていく。ラダー・スティックを左右に動かすことにより、細かい動きが可能だ。向こうの端に近づくにつれ、スピードを落とし、船を旋回させると、ギリギリのところをついてＱＪＳファルコン１４００は方向転換をし、こちらへ戻ってきた。

「完璧」

静香は、自らのテクニックに酔いしれた。モーターこそ作れなくても、RCボートの操縦技術には長けているのだ。これを見せればまた、ファンたちは歓声をあげてくれる。

足元に戻ってきた紫色の船体を引き揚げ、台の上に載せる。私を輝かせてくれる相棒。静香は愛情をこめて、船体についた水滴をタオルで拭く。

デッキチェアに腰掛けると、机の上に置いてあったコンビニの袋を引き寄せ、ゼリー飲料を取り出した。この試作ボート用プール室では飲食は禁止とされているが、今やほとんど静香しか使っていないので、気にすることもない。

吸い口のキャップを外し、中身を吸い込みながら目をつむる。もう、私の栄光を脅かす者は消え去った。あいつの死を伝えに来た刑事たちだって、疑っている様了はみじんもなかった。これで安心してファンの歓声を浴びることができる。

ドアがノックされる音がした。我に返って目を開けると、二人の男性が入ってくるところだった。

「失礼します」

頼りなさそうな童顔の男性と、長身瘦軀の中年男性。童顔のほうはスーツを着て、右手に『月刊RX』を携えている。長身のほうは黒いシャツに白いネクタイ、おまけに両手に革手袋をつけていて、普通の勤め人には見えなかった。

「富士吉田署から参りました、有馬と、九条といいます」

静香の前まで来ると、童顔のほうが自己紹介をした。

「お忙しいところ申し訳ありません。南川静香さんで間違いないですね？」

『月刊ＲＸ』を見せながら有馬は言った。三か月前の、静香が表紙を飾った号だった。

有馬という刑事のその表情を見て、静香の容貌に惹きつけられたのだということがすぐにわかった。男のこういう目には慣れていた。ラジコンボートのモーターを開発している女、というだけで普通はもっと地味な女性を想像するのだろう。

「古岡真一郎さんのことで伺いたいことがあるんです」

「警察の方には、先ほどいろいろ話しましたが」

「ああ、ええと……」

「われわれは、部署が違う」

上手く話せない部下を遮るように、九条という年上のほうが言った。鋭い鼻と顎のラインが、鳥を思わせる。すみません、と有馬は頭を下げ、「さらに新しい情報が得られましたので、お耳に入れておこうと思いまして」と言った。

「どうぞ」

ゼリー飲料を脇に置き、静香は姿勢を整える。有馬は胸ポケットからメモ帳を取り出した。

「先ほど、古岡さんの遺体が浮かんでいた場所から数十メートル離れた湖底から、なくなっていた《近本貸しボート》のボートをダイバーたちが見つけ、引き揚げました。ボートの底に穴はあいておらず、正常に水に浮かぶということです」

「正常に浮かぶ？」

静香は完璧な芝居をやってのけた。

「ということは、古岡はボートごと転覆したというのですか」

「今のところはその可能性が高いと思われます。それから、もう一つ新しい発見が。《近本貸しボート》からかなり遠く離れた湖面に、こんなものが浮いていたのです」

有馬は内ポケットからスマートフォンを取り出し、静香に見せた。一艘のクルーザー型のRCボートが映されていた。

「近本さんのお話によれば、こちらの会社の商品ではないかと」

「古岡が製作していたもので、たしかまだ試作の段階だったと思います」

「え？」と有馬は意外そうな顔をした。

「南川さんはこちらのエンジニアと聞きましたが、このラジコンボートの開発には携わっていないんですか」

「ああ、私は、電動モーター専門ですから」

首をかしげる有馬。九条は無表情のままだ。静香は笑みを作り「貸してください」と有馬に手を差し出す。有馬はきょとんとしていたが、やがて『月刊RX』のことだと気づき、静香に手渡した。

「一口にRCボート……、ラジコンボートと言っても、様々な種類があるんです。レース用に時速数十キロも出るものから、速さは出なくとも実際にある大型船をそのまま縮小したスケール船と呼ばれるものまでね。そして、それぞれのボートに適した動力も違うんです」

開いたページを差し出す。有馬は興味深そうにのぞき込むが、九条は姿勢を崩さずにただぎょろりとした目を雑誌に向けるだけだ。

「大きく分けて、エンジンと電動モーターですね。エンジンは、車やバイクに載せられているのと同じように燃料を爆発させ、それを動力に換える仕組みになっています。ガソリンを使うものもあれば、グロー燃料というのを使うものもあります。ガソリンエンジンは大型の模型に使われることが多く、グローエンジンはレース用の船に使われることが多いですね」

「はあ……」

「一方、電動モーターは燃料を使わず、電気で動きます。その性質上、電源であるバッテリーも一緒に船に載せなければなりません。主に単純に水の上を走らせて楽しむ船に使われますが、最近ではスクリューとのコンビネーションによってかなりスピードが出るようになり、レースにも十分対応できるものもありますよ」

「なるほど」

有馬は一応答えたものの、戸惑っているようだった。RCボートのファンなら、静香の口から語られるモーターの性能をうっとりとした顔で聞くものの、普通の男はこんなものだろう。

「亡くなった古岡はエンジンの担当で、貴様は電動モーター担当だったということか」

突然、九条が発言した。「貴様」という高圧的な呼び方をされたことに戸惑ったが、静香はうなずいた。

「ごめんなさい、こういう人なんです」

有馬がとりなすように愛想笑いをした。

「ところで、南川さんは、電動モーターの開発者として業界では有名だそうですね」

「あ、いえいえ。そんな、お恥ずかしい」

一応、謙遜をする。

「上で、社員の方々に聞きましたよ。入社以来様々なモーターやスクリューを開発して世に出し、業界では『モーター姫』と呼ばれているそうじゃないですか。イベントには引っ張りだこで、こんなふうに雑誌の表紙にもなって、キャラクターまで作られて」

「ウェーブしずかのことですね。あれはたまたま、社長の知り合いにイラストレーターの方がいたので遊びで描いてもらっただけなんです」

……やっぱり、ほめられるのは悪くない気分だ。

「来週末もファンイベントがあるみたいですね。それから今度はテレビの取材もあると聞きましたが」

「お恥ずかしいです」

「古岡は、よく試作品のラジコンボートを山中湖で走らせていたのか」

静香の人気のことなどまるで興味なさそうに、九条が話題を元に戻した。むっとしたけれど、あからさまにそんな態度をとるわけにはいかない。

「はい。開発中の製品を試すのにはこのプールを使うように言われているのですが、内燃機関を使用するRCボートはどうしても大型のものが多いのでこのプールでは狭いんです。それに排気ガスも出ますし、古岡さんはここを使うことはほとんどありませんでした。ＲＣボートは実際には屋外で楽しむものですから、当然と言えば当然です」

「夜中に試すこともよくあったのか」

どうも鼻につく質問の仕方だった。

「先ほどの刑事さんにも言いましたが、『夜中に近本さんのボートを拝借してエンジンを試してきた』と言っているのをよく聞きました」

嘘だった。古岡がボート乗り場に忍び込む常習犯だったということにすれば、事故と判断される可能性は高くなると見込んでのことだった。

「妙だな」

ぎょろりとした目が、静香に向けられた。どきりとした。誰かに似た目だ。

「古岡はカナヅチだったそうだ。カナヅチの人間が貸しボートで湖に漕ぎ出すとは思えん。そもそもラジコンボートというのは、陸から操縦するものではないだろうか」

「ええ、そうですけど……、古岡は変わった人でしたから」

「古岡が自分から貸しボートで漕ぎ出したのではなかったとしたら、そこには共にボートに乗るように誘った人間がいるということだ。古岡が従ったのは、その者を敬慕していたか、あるいは好意を抱いていたからと考えられる」

静香の発言はまるっきり無視された形になった。瞬きの一つもすることなく、まるで機械のように、しかし確実に人間の声域で、九条は続けた。

「一方、誘った者は古岡に殺意を抱いていた。何らかの技を使って古岡を湖に突き落とし、貸しボートを沈め、自分は泳いで帰ってきた。岸までは五十メートル程度。泳げない距離ではない」

「ちょっと九条さん、何を言っているんですか」

ようやく有馬が注意したけれど、九条の口は止まらなかった。

「零時から午前三時のあいだ、貴様はどこにいた？」

その瞬間、静香は気づいた。この目は、静香の部屋に現れたあの悪魔に似ているのだ。悪魔はやけににやけた表情、九条は鉄のような無表情。まるきり違う表情のはずなのに、その眼光は同じだった。まるで人智を凌駕（りょうが）したような……。

だけど、この気味の悪い男だって、所詮（しょせん）は人間。無理よ、無理。あのトリックが人間に見破れるはず、ないじゃない。静香は自分自身に言い聞かせる。

「家で寝ていました。一人暮らしなので証人はいません。これも、さっきの刑事さんたちに言いましたけど」

そして、こちらからけしかけることにした。

「それに、今の九条さんの推理だと、私はどうしても犯人じゃないということになります」

「なぜ」

静香はもったいぶって、ゼリー飲料を手に取り、一口飲んでから答えた。

「私も、カナヅチだからです」

九条の顔に影が差した。彼が初めて見せた、人間らしい表情だった。

「小中高の同級生に聞いてもらえばわかります。私、本当に泳ぎはまったくダメで、夜の山中湖に貸しボートで漕ぎ出すなんて、考えただけで震えてしまいます」

プラスチックの吸い口をくわえ、上目遣いで九条を見る。九条は黙ったままだった。有馬は気まずそうに額を掻いている。

「それに、もし私が泳げたとしても、古岡の巨体を突き飛ばすのは至難の業です。貸しボートごと転覆させたのだとして、その動力源はなんですか？　山中湖に突如、大型の戦艦が登場したとか、あるいはネッシーみたいな怪物が貸しボートを持ち上げたとか、そんな非現実的なことをおっしゃるわけではないでしょうね」

「【悪魔の力】だ」

あまりにも当然のように九条が言ったので、静香は思わず、ええ、と言いそうになった。なぜこの男は知っているのだろう。

「面白いことをおっしゃいますね」

　顔が引きつってしまっただろうか。九条はそれ以上は口を開こうとせず、静香の顔を見ているだけだ。

「そろそろ、イベントで使うＲＣボートの調整をしなくちゃ。こう見えても、忙しいんですよ」

「お忙しいところすみませんでした。九条さん、行きましょう」

　有馬が呼びかける。九条はじっと静香の顔を見たままだった。

　しかし、やがてくるりと踵(きびす)を返すと、スタスタと、有馬より先に出ていった。

6

「そりゃ、まあ……、私だって気づいていましたよ」

　薄くなった頭を坊主(ぼうず)にしたその男は、目を伏せながら、ごまかすようにティーカップを口に運ぶ。

「でも、今さらそんなこと、公(おおやけ)にできないでしょうが」

　ティーカップをソーサーに置き、壁のほうに目をやった。十枚以上のポスターが貼ってある。《ウェーブ・ハワード》の製品をPRするためのものだが、写っているのはすべて、南川静香だった。ボートレーサーの格好をしているものもあれば、水兵のユニフォームに身を包んでいるもの、普通の水色のワンピースのものもある。スタイルはよく、その笑顔は芸能人さながらだ。

二十六歳にして山中湖支社の電動モーター開発主任。美しさと技術を兼ね備え、数々の製品を世に送り出し、ファンたちを虜(とりこ)にする、《ウェーブ・ハワード》のモーター姫。

——彼女が開発したとされているモーターは、実は古岡が手掛けたものなのではないかと九条が言い出したのは、地下のプールでの南川静香への聴取が終わり、階段を上っているときだった。聴取のあいだから感じていたことだが、九条はこの二十六歳の美人エンジニアを疑っているようだ。そんなことはあり得ないと有馬は否定したが、結局九条に押されて、社員たちにそれとなく訊いてみた。

驚いたことに、電動モーターの開発を南川静香がしたことを疑っている社員は複数いた。中には、モーターの不具合について南川に質問したときにちぐはぐな答えが返ってきたという証言も得られた。九条は支社長にも事情を聞いてみる必要があると言い出し、ビルの四階にあるこの支社長室にやってきたのだった。

「彼女がこの支社へ入ってきたのは、二十歳のときです。工業高校を卒業して、別の玩具メーカーで働いていたようですが、模型を動かすのに興味があると言ってね。そのときに試作品を見せてもらい、採用したんだが……今考えれば、あの試作品から怪しかったような気さえします」

諫山（いさやま）という名の支社長はスプーンでせわしなく紅茶をかき混ぜながら言った。有馬の隣で九条は、自分に出された紅茶の中に角砂糖を二個、落とした。

「しかし、彼女が雑誌に出てからというもの、うちの製品は爆発的に売れるようになった。それればかりか、ＲＣボートの愛好家もぐっと増えた。彼女の活躍は他社の社員からさえも称賛されておるくらいなんです。今さら、他人が作ったものを彼女が作ったことにしていたなどと、たとえ真実でも言えるわけがない。だから、深く追及してこなかったんです。どうかこのことはご内密にしていただけませんでしょうか」

「私が興味があるのは、南川に動機があったかどうかだけだ」

九条はぎょろりとした目で、諫山支社長を睨みつけた。

「動機……、と申しますと？」

「古岡真一郎を殺害する動機だ」

諫山はびくりとしてスプーンを投げ出し、自らの心臓を掴むように胸に手をやった。

「まさか。古岡は事故で死んだんじゃないんですか」

「不審な点がある。なぜ、貸しボートは沈んだんだ」

「南川が沈めたというのですか」

「九条さん、やっぱりそれは無理ですよ」

有馬は口を挟む。

「それができたとして、南川さんはどうやって岸に戻ってきたんですか」

富士吉田署の高沢刑事に頼んで、南川静香の同級生たちに聞き込みをしてもらっていたのだ。小中高の同級生はみな、口をそろえて「静香は泳げなかった」と証言した。その後水泳教室に通ったというような事実もなさそうだった。

「いくら人を殺すためだって、泳げない人が貸しボートで湖に出ますか。体格の問題だってあるし」

「体格の問題をクリアするため、貸しボートで湖に出たとも考えられる」

九条はまた、角砂糖を紅茶に落とす。

「【悪魔の力だ】」

またこの言葉だ。たしかに、穴の開いていないボートが湖に沈んでいたのは不審な点だ。でも、どんな力がそれを可能にしたというのか……。

「九条さんのいう【悪魔の力】というのは、催眠術のようなものですか？」

有馬は訊ねた。

「古岡は操られて、自らボートで湖に漕ぎ出したとか」

「【悪魔の力】は直接他人に危害を与えるものではない」

九条は答えながら、トングで新しい角砂糖を一つつまみ上げた。

「催眠術のように他人の行動を自在に操ることはできない。そもそもその力を持っているなら、貸しボートなど使わずとも、交通事故に見せかけるほうがいいだろう」

角砂糖が、ティーカップに落とされる。

「今回の事件、使われた力は大別して三種のうちのどれかと考えられる。一つめは『自己の状態を変える力』。今回のケースでは飛行や瞬間移動などが有用だが、それでは力の強い古岡を殺すことがそもそもできない。二つめ、念動力や磁力、電力など『他を動かす力』。怪力などで古岡を殺すことはできるだろうが、本人が泳いで戻ってくることができない以上、それは無理だったろう。――一人の人間に悪魔が与える力は一つだから、併用はできない」

不可思議なことを、次から次へと口にする。だいたいなぜ九条は、そんなルールを知っているのか。有馬の疑問などお構いなしに、九条は話を続けた。

「三つめは『物の状態を変える力』。たとえば、湖の水を一気に蒸発させたり、一瞬にして凍らせたり、という力だ。しかし、それでも、貸しボートを転覆させるのは不可能だし、一瞬でもそのような現象が起こったのなら、目撃者が多数いたはずだ」

湖の水を蒸発させる？　一瞬にして湖面を凍らせる？　いったいこの人は何を言っているのか。――と、常識的な思考の隅で、なぜか有馬は、新宿東署とは何も関係のないこの事件を彼と共に解決するのは、自分の使命だとすら感じるようになっていた。

「古岡だけを湖に出して自分は岸に残り、大きな波を起こしてボートを転覆させたというのはどうですか？」

九条はトングを持った手を止め、有馬のほうに顔を向けた。

「……それなら、目撃者はいなかったかもしれません」

言い訳をするような心持だった。九条はゆっくりと首を振る。

「それならなぜ、ボートは浮いていた？」

「はい？」

「古岡のラジコンボートのことだ。貸しボートが沈むほどの波が、ラジコンボートを沈めなかったのはおかしいだろう」

「たしかに」

なぜ、大きな波などと言ってしまったのか。……これも【悪魔の力】だろうか。

ばかばかしい、と、有馬は壁のポスターに目を移す。南川静香はやはり、女優と言ってもいいほどの美貌とスタイルの持ち主だ。彼女と付き合えることになったら、ほとんどの男は舞い上がってしまうだろう。

「やっぱり、無理だと思いますね。華奢な彼女には」

ぽちゃん、と再び、角砂糖が紅茶に落ちる音がした。

「華奢……？」

ふと見ると、九条は紅茶ではなく、天井を見上げていた。

「どうしたんですか？」

「たしかに彼女は華奢だが……」

トングを砂糖壺に入れ、蓋を閉める九条。そのまましばらく静止していたが、やがて茫然と二人のやり取りを見ていた支社長に顔を向け、「おい」と言った。

「は、はい？」

「ラジコンボートは、リモコンのようなもので操縦するな」

「ああ、あれは『プロポ』、もしくは単純に『送信機』と呼びます」

「それを使わなければ、動かないのか」

「いえ、パワーの上下やラダー、つまり舵の指示はプロポで行いますが、モーターを動かしっぱなしにしておけば、ボートは動きます。もちろんスピードは遅く、風や波に流されてしまいますが」

音もなく、九条はソファーから立ち上がった。そして支社長の顔を見下ろした。

「協力してほしい」

7

地下プールから階段で一階まで上がってくると、エレベーター前には背広姿の男性が六人、待っていた。見慣れない顔だ。本社の人間だろうか。それとも、販売先の人たちかも知れない。階数表示は四階になっている。箱が下りてくるには、まだかかるだろう。

「南川さん」

名を呼ばれて振り返ると、二時間ほど前に地下にやってきた有馬刑事が立っていた。あの不気味な上司は一緒ではなかった。

「上の階にご用事ですか？」

静香は「ええ」と笑みを作る。

「週末のイベントのスケジュールを変更したいって支社長が。さっき地下に電話がかかってきたんです。この建物、エレベーターは地下まで来てないんですよ」

「そうでしたか」

「有馬さんは？　まだ聞き込みですか」

「はい。古岡さんの昨日の動向について、詳しく報告書に書かなければなりませんから。九条さんは面倒くさがって、全部私に押し付けて帰っちゃいましたよ」

意外といい加減なところのある男らしい。

「大変なんですね。でもやっぱり、事故なんでしょう？」

するとと有馬は眉をひそめ、「いいえ」と声を低くした。

「実は、古岡さんが殺されたという確かな証拠が見つかったんです」

まさか。そんなの見つかるわけがないと思いながらも、鼓動が速くなっていくのがわかった。エレベーターが開き、六人の男たちが入っていく。静香と有馬がほぼ同時に乗ったそのとき、びーっ、とけたたましいブザーが鳴った。

「あっ、次で行きますんで、どうぞ」

有馬はとっさに降りる。このままでは〝証拠〟について聞けない。

「乗れますよ」

静香は微笑(ほほえ)んで、手招きをした。もとより八人乗りのエレベーターだ。窮屈(きゅうくつ)だけれど、有馬が乗る分のスペースはまだ空いている。

「でも今、ブザー、鳴りましたよ」

「一斉に乗ると鳴っちゃうときがあるんです。どうぞ、そーっと乗ってみてください」

有馬はそろりそろりと乗った。ブザーは鳴らなかった。

「ああ、大丈夫だった」

「ね」

ドアは閉まる。四階のボタンはすでに押されている。背広の男性たちも皆、四階へ行くようだった。

「それで有馬さん、『確かな証拠』ってなんですか？」

静香は有馬の顔に自らの顔を近づけ、声を低くする。

「古岡さんの日記が見つかったんですよ」

本当だろうか。古岡が日記をつけていたなんて聞いたことがない。

「三日前の日付のページにこんなことが書いてありました。ええと……『私はあいつの不正に加担してしまった。その不正を隠すため、あいつは俺を殺そうとしている。俺がカナヅチなのを知っている』……」

有馬の耳は真っ赤になっている。静香は思わず笑ってしまった。

「どうして笑うんです？」

「だってあまりにもあからさまだから。嘘ですよね、そんなの」

「本当ですよ」

「あの九条という上司に言われたんでしょう。私の反応を見るようにって」

有馬は目を見張った。唇が震えている。それを見て静香は、よけいに可笑しくなる。

「本当に古岡が殺されて、その犯人が私なのだったとしても、そんなんじゃ自白しないわ。刑事さんなら、もう少しお芝居を勉強したほうがいいですよ」

もとより、あのトリックが人間なんかにわかるわけがないのだ。有馬はすっかりうつむいてしまい、そのままエレベーターは四階についた。

扉が開き、ぎょっとする。

長身痩軀、黒いシャツに白いネクタイ――、九条が待ち構えていたからだった。その隣には、諫山支社長が申し訳なさそうな顔をして立っている。静香の脇を抜けて、背広姿の男たちは降りていく。はっとして有馬を見ると、静香の顔をじっと見ていた。

「南川くん」

支社長が口を開いた。

「九条さんと有馬さんについて、山中湖に行ってくるように」

8

空は、墨を流したような不穏な色の雲で覆われていた。今朝、中央自動車道を通ってきたときには抜けるような青空だったのに、いつの間にこんなに雲が出たのだろう。ハンドルを握る有馬の胸の中にも、同じ色の雲が広がっていくようだった。助手席で九条は変わらぬ無表情でいる。バックミラーの中には、後部座席でむすっとしている南川静香の姿があった。――【悪魔の力】。荒唐無稽に思えていたこの言葉が、今や有馬の中で言い知れぬ不安と共に存在感を増している。

数時間にも思える陰鬱な沈黙のドライブは《近本貸しボート》の駐車場にたどり着くまで続いた。規制テープはまだ張られているが、パトカーはもうなく、鑑識のワゴン車だけが一台残されていた。

「雨でも降りそうな天気ですね」

車を降りたところで、どちらにともなく有馬は言ったが、九条も南川も黙ったままだった。九条が先導して、三人は桟橋のほうへ歩いていく。まだ、数人の鑑識が作業をしていたが、有馬が事情を話し、一時車に戻ってもらった。

三人は桟橋に並び、湖面を眺めた。曇天の下、風も出てきて、つなぎ留められたボートたちがぶつかり合う音が、亡者の嘆きのようにも聞こえていた。

やがて九条が口を開いた。

「貴様、やはり【悪魔の力】を使ったな」

自分に向けられた言葉ということが、南川はにわかには理解できなかったようだった。

「ずいぶんな言い方ですね」

「貴様は悪魔から聞かされなかったのだろう。【悪魔の力】を使って憎き者を殺めた時、天高く邪悪な星が闇を放つことを」

ふふ、と南川は笑う。

「いったい、どんな力だというのですか？」

風が髪をなびかせる。その顔にはやはり、ドラマの中の女優のような美しさがあった。

と、駐車場のほうから六つの人影がやってきた。三人から少し距離をあけて整列した、灰色の背広姿の六人。——先ほど、《ウェーブ・ハワード》のエレベーターの中で、有馬と南川と乗り合わせた六人だった。六人はそれぞれ背広の内側に手をやると、桟橋の上に鉄板を放り出した。

「どういうことです？」

南川は怪訝そうに九条を見る。

「日本の一般的なエレベーターの積載量は、一人分の体重を六五キロとして計算されている。貴様の会社のエレベーターは八人乗り五二〇キロが限界だった」

九条は背広の男たちを振り返る。

「この者たちは、富士吉田署の刑事たちだ。六人とも特に肥満ではないので、重しを持って体重を増していたのだ。有馬と合わせた七人で五一五キロになるように。合計五一五キロの男たちとあのエレベーターに乗ることのできる人間は、わずか五キロの体重でなければならない」

「現に、僕と南川さんが初めに乗ったときには、ブザーが鳴りましたよね」

有馬は補足するように言った。

「あれが正常だったんです。ところが、僕が二回目に乗ったとき、ブザーは鳴らなかった。信じられませんでしたよ、南川さんの体重が本当に五キロ以下になるなんて。南川さんは、『古岡さんが殺された確かな証拠』を僕から聞きたかったがために、体重を減らしたんですね」

南川は思わずと言ったように口元に手を当てた。そしてすぐに顔を背けようとする。九条は彼女の前に回り込み、人差し指を立ててその顔を指さした。

「【体重を自在に変えることができる力】――それが、貴様が授かった【悪魔の力】だ」

雲の間から、ごろごろという音が聞こえてきた。雷が近い。

「昨晩、貴様はイベントで使用する船の調子を見たいと言って、古岡をここへ連れ出し、共に貸しボートに乗った。古岡が貴様に好意を抱いていたのは複数の社員が証言している。カナヅチの古岡でも貴様の頼みは断れなかったのだろう。岸に泳いでたどり着けぬほどの距離まで漕ぎ出したところで、貴様は【悪魔の力】を発揮した。すなわち、体重を徐々に増していったのだ。貴様の体重を支え切れぬようになったボートの縁(ふち)はみるみるうちに湖面に近づき、ついに水が流れ込む。古岡は何が起きているかわからないままボートごと沈んでいったのだ」

貸しボートの上にあったか、すでに湖面に浮かべられたか、いずれにせよ古岡のラジコンボートは南川の体重変化の影響を受けず、そのまま浮いて流れていったのだ――というのが、九条の推理だった。

ははは、ははははと、甲高(かんだか)い笑い声が聞こえた。南川が笑っているのだった。その姿を見て、有馬はぞっとした。口が、人間とは思えないほど大きく横に裂(さ)けている。

「調べてくれたんでしょう九条さん、私も泳げないんですよ。古岡を溺(おぼ)れさせたはいいけど、ボートまで沈めちゃったら、私も溺れちゃうじゃないですか」

「泳ぐ必要はない。貴様は貸しボートに乗るとき、モーター搭載のラジコンボートを持っていたのだろう。ラジコンボートの舳先と自分の体を古岡に悟られないように紐でもつないでおいた貴様は、体重を重くしながらモーターを作動させた。そして、古岡が溺れているのを横目に、今度は水より密度が低くなるように体重を軽くしていった。水に浮いた貴様の体は、ラジコンボートが岸まで引っ張ってくれる。方向の調整はできなくとも、いずれどこかの岸にはたどり着くはずだ」

立ち込める雲に、あたりは暗くなっていた。雷の音は次第に湖の上へと近づいているようだった。南川はいよいよおかしそうに、膝を叩いて笑っている。これは……これは何という生き物なのだろう。もうあの美しい顔はどこにもなく、鼻は岩のように突出し、耳は三角定規のようにとがっている。

「あんなやつが沈んだって、どうってことないじゃない！　私の栄光が沈むほうが、よっぽど大ごとだわ！」

「古岡を殺したことを認めるか」

「あなたの言っていることが真実だとして、九条さん」

声も悪魔のようになっていた。空を割るような雷鳴が頭上で轟いている。

「私を逮捕できるの？　体重を自在に変えたトリックで人を殺すなんて、誰が信じるの？

裁判で検察官はどう説明するつもり？」

九条に顔を近づけ、くわっと口を広げる。鋭利な牙。粘っこい唾液が糸を引いている。

「人間に、私を裁くことなんて、できない」

耳を塞ぎたくなるような、醜い声だった。だが、九条はまったく動じない。

「悪魔に魂を売り渡した貴様など、裁きに値しない」

「何ですって？」

九条は、ふっ、と息を吹いた。

瞬間、この世の始まりのような光があたりを包んだ。空が落ちたような猛烈な音と共に、湖面全体が鏡のように光った。有馬は思わず目を押さえた。富士吉田署の刑事たちがわぁと叫ぶ声が耳を素通りする。

「えっ？　ええっ？」

南川の声が聞こえた。手を離した有馬の目に、宙でもがく南川の姿が飛び込んできた。

「ちょっと、ちょっと、どういうこと？」

「空気にも質量があることを、よもや知らぬわけでもあるまい」

浮き上がっていく南川の姿を見送りながら、九条は言った。

「沈むのが嫌なら、体を軽くするだけ軽くし、浮いていけばいい」

「いやっ、いやぁあっ！」

手足をじたばたさせながら、南川静香はゆっくりと空へ上がっていった。それはまるで、風船のように。あれよあれよという間に、数十メートルの高さになっていき、声も聞こえなくなってくる。

やがてその体は、灰色の雲の間に消えていった。

「さて」

九条の一言に、有馬は我に返った。どれだけぼんやりしていたのだろう。不思議なことに雲は消え、穏やかな湖面には空の青が映っていた。南川静香などという女性は、初めからいなかったかのようだった。

富士吉田署の面々はきょろきょろとしていたが、九条の姿を見てはっとして背筋を伸ばす。

「有馬、帰るぞ」

九条は何の感情も込めずに言って歩き出した。有馬は棒のように直立している富士吉田署の面々に軽く会釈をし、九条のあとを追った。駐車場へ向かう長身痩軀の黒い背中。

――それとすれ違うように、何か大きな白い影が、こちらに向かってくるように、有馬は感じていた。

第二話　見えない抜け道

1

萩堂修作がそれの訪問を受けたのは、シャワーを浴びているときだった。

頭の中を占めていたのは、ただ一つ。すなわち——どうすれば、義弟の尊人を人目につくことなく殺害できるか、ということだった。あの野郎、可愛くもない猫の世話をしてやっている恩を忘れやがって。……ここを追い出されたら俺はどうすればいい。もう、殺すしかない。あいつが独身である今なら、あいつの貯金も俺のものになるはずだ。だが——、どうすればいい？

深夜二時をすぎて、頭の中は完全に煮詰まっていた。実際、こんなに頭を使うのは久しぶりだった。シャワーでも浴びてリフレッシュしなければ、頭がパンクしそうになる。

両手で濡れた頭髪を洗う。ふと目の前を、黒い何かが横切った気がした。

「ん？」

顔を上げて確認しようとしたが、泡が目に入ってきそうになってまぶたを閉じる。ゴキブリやなんかの類ではない。明らかに、人のサイズのものが、目の前を横切ったのだ。しかし、こんな狭いユニットバスの中を……？　髪を洗う手を止めないまま、今のは何だったのだと考える。子どもの頃に聞いたことのある怪談話がふと頭を横切る。

ばかばかしい。古いビルだが、そういう心霊めいた話は今まで一度も聞いたことがない。きっと疲れているのだろう。それとも、尊人への憎しみによるストレスが原因かもしれない。

びくり、と体が震えた。背中に、明らかに何者かの手の感触を感じたからだった。

「いい体、してるじゃない」

耳元で囁かれる、野太い声。慌てて目を開き、振り返る。泡にまみれた視界の中、黒い顔と黄色い目が見えた。

「ぎゃああっ」

萩堂は、両手でそれの肩を突き飛ばした。

「きゃっ」

それは意外と軽く突き飛ばされ、そのまますり抜けるように、白い壁の中に消えていった。手探りでシャワーのノズルを摑み、がむしゃらにシャンプーを洗い流す。一体、なんなんだ。

顔の水滴を拭い、シャワーを止める。空恐ろしいほどの静けさだった。背中にははっきりと、あれの手の感触が残っている。

すりガラスの向こうに黒い影が現れ、やがて音もなく、さっきの顔がすりガラスを抜けてきた。

「乱暴なこと、しないでよお」

つるんとした、毛のない真っ黒な顔。らんらんと光る黄色い目に、牙(きば)の生えた真っ赤な口。口調こそ、テレビで見る古いタイプのニューハーフのようだが、明らかに人間ではなかった。

「お、お前は？」

萩堂の口からはようやく、それだけの言葉が出た。

「私は悪魔よ。あなた、今、とっても殺したい相手がいるでしょう？」

「何？」

悪魔。たしかに目の前のこの存在を表すには、その言葉が似つかわしいような気がした。

萩堂が何も答えずにいると、悪魔はするりとガラスを抜けて、萩堂の前に立ちはだかった。四本しか指の生えていない手を萩堂の体に伸ばし、胸を指先で撫(な)でた。

「私、あなたの殺人のお手伝いができると思うの」

萩堂はその、不思議な生命体の言葉に釘付(くぎづ)けになっていた。夢などではない。悪魔が、目の前にいるのだ。

「わかった。話を聞こう。その前に、体を拭(ふ)かせてくれないか」

「どうぞ」

洗面所に上がり、頭と体を拭き、バスタオルを腰に巻く。悪魔はドラム式洗濯機(せんたくき)の上に座って足を揺らしていた。

「もういいかしら？」

「ああ」

「悪魔は、人を殺したいけれど今のままじゃうまく殺せないという人間の前に現れ、【悪魔の力】を授(さず)ける役目を担(にな)っているのよ」

洗濯機から飛び降りると、いつのまにか手に持っていた石板のようなものを広げ、萩堂に見せてきた。見たこともない、酸をかけられたミミズが苦しんでのたうち回ったような禍々(まがまが)しい文字が並べられている。不思議と、その内容は頭に入ってきた。

【馬と同じ速さで走れる力】

【皮膚を鋼鉄のように硬くする力】

【水を宙に浮かせる力】……

どうも、要領を得ない力ばかりだ。

「この、【動物の死体の大きさを変える力】というのは？」

「たとえば、死んだ鼠（ねずみ）の体を、象（ぞう）の大きさに変えることができるわ。動物の死体なら、一部でもいいの。たった三十グラムしかないステーキを、五百グラムに増やすことだってできる。お腹いっぱいになれるわね」

くだらない。

「それで、どうやって尊人を殺すというんだ」

「それはあなたが考えなくちゃ。【悪魔の力】は、直接人を殺すものではないの」

それじゃあ意味がないと、その「メニュー」を突き返そうとした萩堂の視界の端（はし）に、ある文字が入った。

【壁をすり抜ける力】

「おい、この力は」

「そのまんまよ。あなたの体が壁をするりとすり抜ける。さっき私がしたようにね」

「服を着たままでか」

「そうね。身に着けているものは基本的に一緒にすり抜けられる。ただし、すり抜けられるのは建造物の地面に対して垂直方向に立てられた部分。つまり、壁だけよ。床と天井はだめ」

　壁だけで充分だ。萩堂の頭の中に、計画が出来上がっていく。三つビルが並んでいることのシチュエーションだからこそ可能な、完璧（かんぺき）なまでの殺害方法。アリバイも確固たるものを用意できるだろう。尊人を殺す。殺す殺す殺す。

「これにしよう」

　言うと、悪魔はにんまりと微笑（ほほえ）んだ。

「話が早くて素敵だわあ。でも、力を与える前に、一つだけ注意をさせてね」

「注意？」

「殺害に【悪魔の力】を使ったことが、第三者に露見（ろけん）してしまった場合、あなたは酷（ひど）い目に遭（あ）ってしまうわ」

「露見……バレるということか。ばかばかしい。壁をすり抜けて人を殺したなど、普通の人間が思いつくはずがない」

「ところがね、最近、私の存在にうすうす気づいている人間がいるらしいのよ」

「馬鹿な」

「こないだ、体の重さを自由に変える力をある女に授けたんだけれど、その女、結局バレちゃって、で、空気より軽い体にされて空に飛んでっちゃった」

「バレただと。馬鹿な」

「警察っていうのかしら。人を殺した人間を捕まえる、人間の組織があるじゃない。その中に、【悪魔の力】について知っている者がいるらしいのよねえ。まいっちゃう」

たちの悪い、それこそ悪魔的な冗談だろうと、萩堂は笑ったが、悪魔は少しも笑わなかった。

「本当に？」

「ええ。あなたが殺害計画を実行したあとには、あいつは必ずやってくる。その目を欺く、熟慮された計画が必要よ」

また、頭を使えというのか。萩堂は右手をあごにあてた。

壁をすり抜けて、二つ隣のビルにいる尊人を殺す。しかし、【悪魔の力】の存在を知っている者が相手ならば、その手段は簡単にばれてしまうだろう。

……どうすればいい？　どうすれば……。

2

「はい、もやしラーメン大盛り、お待たせいたしました」

有馬の前に運ばれてきたどんぶりには、もやしが山のように積まれていた。

「やっときたな。遠慮せずに食え」

カウンター席の隣で、佃課長が言った。

「しかし、話が……」

「伸びちまうぞ」

有馬は「はい」と返事をし、割り箸を割った。もやしの下に差しこんで麵を引き上げる。有馬の好きな太麵だった。街の、何の変哲もない中華料理屋。日曜の昼にこういう店に来るのは久しぶりかもしれない。

麵にスープが絡みつき、野菜やメンマとの相性もいい。美味いラーメンだったが、有馬の気持ちの中には魚の小骨のように引っかかっているものがあった。

「課長」

「ん？」

味噌ラーメンを食べる手を止め、佃課長は訊きかえした。

「九条さんのことなんですが」

「なんだ、せっかく一緒に昼飯を食おうって言うのに、せっかちなやつだな」

そう言って再び箸を動かす。有馬も仕方なく、ラーメンを食べ続けた。

佃課長は、有馬の勤める警視庁新宿東署の刑事課の課長だ。有馬も先日までは同課に所属していた。ところがある事件をきっかけに別の「任務」を任されることになってしまった。

署長の部屋に呼び出された有馬が出会ったのは、九条という長身瘦軀、黒ずくめの男だった。有馬はそのまま、車の運転を命じられ、彼と二人で山梨県の山中湖へと赴くことになった。その道中、有馬が九条から聞いたのはとんでもなく荒唐無稽な話だった。

いわく、この世には悪魔という存在がおり、突如殺意を持った人間のもとに現れ、一つだけ【悪魔の力】を授けていく。その力を使った殺人事件を解決するのが自分の使命なのだという。馬鹿馬鹿しくて聞いていられないと思った有馬だったが、実際に山中湖では不審な死体が上がっていた。そして捜査を進めるうち、犯人が信じられない【悪魔の力】を実際に使ったことが明らかになった。有馬が忘れられないのはそのあとだ。九条は何らかの力を使い、犯人を抹消したのだ。

被疑者を抹消する――警察官としてありえないその行為に有馬は戸惑ったが、協力していた富士吉田署の警察官たちは何も言わず、それどころか東京に帰ってきても九条には何の咎めもなかった。

山中湖の事件から十日余りの間に、有馬は三回、九条に現場に連れ出された。「昨晩も〝悪魔の星〟が出た」。九条が有馬に車を出すように促すときに必ず言うセリフである。

三回が三回とも、不審な死体だった。そして犯人は必ず【悪魔の力】を用いており、九条によって抹消されるのだった。

有馬は気が滅入っていた。頭がおかしくなりそうだった。いったい悪魔とは何者で、【悪魔の力】とは何なのか。九条という男も何者なのか。そしてどうして、犯罪者が毎回抹消されることについて、誰も何も言わないのか。

ついに限界を迎えた有馬は昨日、元の配属先である刑事課を訪ね、佃課長を捕まえた。そして、すべてを話してくれないかと迫った。佃課長は困ったような顔をしていたが、「明日の日曜は非番だろう。一緒に飯でも食いながら話さないか」と、誘ってきたのだった。

そして今、有馬は佃課長と共に、このこぢんまりとした中華料理屋のカウンターに腰かけているのだ。佃課長のほうから話を切り出してくれるかと思いきや、注文してから今に至るまで、その口は重く閉ざされたままだ。

「課長――」

「永邦学園連続刺殺事件は覚えているか」

らちが明かないので語気を強めて訊ねようとした矢先、有馬を遮るように、課長は話し出した。

「もちろんです」

それは昨年、渋谷区にある名門高校で起こった不可解な連続殺人事件だった。この学園に通う二年生の男子生徒が立て続けに四人、帰宅途中に住宅街で通り魔に刺殺されたのだった。四人目の被害者が警視総監の孫だったことで、捜査本部は通常の事件よりも殺気立っていたと有馬は聞いていた。

事件の被害者は四人とも失血死だったが、不可解なのはその傷だった。四人とも、腹部から背中にかけて、かなり長い刃渡りの凶器で制服ごと貫かれていたのだ。捜査本部は凶器を日本刀と断定し、徹底した聞き込みをしたが、いずれの現場の住宅街でも、そんなものを持った人間の目撃情報が得られず、捜査は難航した。

「あの事件、どういう終結を迎えた？」

「たしか犯人は、被害者たちの同級生の男子生徒だったんですよね。本庁の捜査員が自宅前で待ち伏せし、任意同行を求めた。すると彼は家の中に逃げ込んで、凶器としていた日本刀を腹に刺して自殺したんじゃなかったですか」

「ああ。発表ではそうだ」

「発表では？」

「真実は違うんだ。ある日、容疑者が見つからず頭を抱える捜査本部にふらりと、やせた黒ずくめの男が現れ、捜査員たちに向かって言ったそうだ。『この事件には、【悪魔の力】が関わっている』とな」

「まさか、その黒ずくめの男って……」

うなずく佃課長。

「九条は当時、都内のとある所轄署のヒラ刑事にすぎなかった。いずれの事件も彼の管内ではなく、捜査本部は彼をつまみ出そうとしたが、彼に触った者は衝撃と共に手がしびれてしまったそうだ。彼は『犯人の居場所を知っている』と言うと、捜査員を一人つけるように要請した。情報がなく藁にもすがる思いだった捜査当局は、気味悪がりながらも彼の言うことを信じてみることにした。九条は捜査員を一人引き連れて永邦学園に乗り込み、授業中の教室の中から件の男子生徒を外へ引っ張り出したんだそうだ。そして、その男子生徒がどうやって犯行に及んだかを述べてみせた」

「どうやって、って、日本刀で刺したんじゃないんですか」

「考えてもみろ。高校生のガキが日本刀なんか持ち歩いていたら目立ってしょうがない」

「たしかに」

「凶器は日本刀なんかじゃなかった。これだよ、これ」

佃課長は割り箸で、自分の口の中を示した。

「なんですか？」

「舌だよ。その男子生徒は舌の形状、長さ、硬さを自在に操る力を持っていたんだ。同級生と共に住宅街を歩き、周りに人がいなくなった隙にすばやくしゃがみ込み、鋭利な刃物のように変えた舌を腹に突き立てていた。制服の上から刺したわけだから返り血もないし、凶器が舌なら付着した血の処理も簡単だ」

まさか……という言葉を有馬は飲み込んだ。もう、信じられないことは目の前で何度も起こっている。

「犯行を見破られた男子生徒は舌で九条に襲い掛かったが、九条は伸びたその舌を掴み、何事かをしたらしい。するとその舌は勝手に、まるでプロペラのようにぐるぐると回り始めた。九条はそれをただじっと見ているだけだ。そして犯人の舌はぴたりと止まると、自分の腹めがけて突き刺さったそうだ。彼は無残にも、自らの舌に腹を刺されて死んだってわけだ。まあ、特殊な『自殺』だな。……ともあれ、こんな異常な結末を公にするわけにはいかないと、自宅で自殺したという発表をしたのさ」

呆然と話を聞いている有馬の前で、佃課長はラーメンをすすりはじめる。麺を咀嚼して飲み込むと、再び話し始めた。

「『悪魔は地上に降り立った。こうした事件は今後も起こりうる』――事件後、九条は幹部たちに言ったそうだ。彼らは相談した結果、九条に特別任務にあたらせるため、警部の階級を与え、所轄署から本庁へと異動させた。その特別任務というのが、『マルディー対応』。ディーはＤｅｖｉｌのＤだな」

しばらく、佃課長のラーメンをすする音だけが、有馬の耳を通り過ぎて行った。

悪魔は地上に降り立った……。

「課長」

「ん？」

「信じられないことも多々ありますが、自分なりにわかったつもりです。ただ……、なぜ、私が九条さんと組まされることになったのでしょうか」

麻薬取引の場を押さえることができなかった罰というだけでは説明がつかない気がしていた。佃課長は箸を止め、有馬の顔をじっと眺めていたが、

「本人に訊いたらどうだ」

そう言っただけだった。

不意に、有馬のスマホが着信音を奏でた。九条からだった。

「もしもし」

〈貴様、どこにいる〉

相手が誰かも確認せず、いつもどおりの高圧的な口調だった。

「新宿です」

〈〝悪魔の星〟が出た。行くぞ〉

「九条さん、今日は非番ではないですか」

〈悪魔に休みなどない。早く出ろ。大宮(おおみや)だ〉

「埼玉のですか」

近い場所でよかった……すぐに思ってしまった自分にぞっとした。

〈署で待っている。すぐに来い〉

すでに通話は切れていた。

佃課長は有馬のことを憐(あわ)れむような目で見ていたが、再びラーメンを食べはじめた。

3

大宮に着いたのは、午後三時になろうかというときだった。コインパーキングに車を停(と)め、九条と連れ立って現場に向かう。近づくにつれ、珍しい光景が見えてきた。

似たような外観の三階建てビルが三つ並んでいる。緑色で、壁はレンガ仕様だ。ビル同士の隙間は数十センチほどだろう。

黄色い規制テープが張られているのは一番左のビルで、一階部分はガラス張りになっている。二階の窓ガラスに大きく《萩堂そろばん塾》と書かれていた。真ん中のビルの一階は、ピロティのようになっており、たくさんの自転車と塾の生徒たちとおぼしき中高生の野次馬(やじうま)がたむろしている。二階の窓には隣のビルと同じような字体で《難関高校・難関大学専門　萩堂進学塾》とある。最も右のビルは、住居のようだ。

「すみません、新宿東署から来ました、有馬と申します」

野次馬をかき分け、規制テープの前で立哨(りっしょう)している制服警官に警察手帳を見せる。

「新宿東署？」

怪訝(けげん)な顔をする制服警官。有馬はすでにこういう反応には慣れていた。

「マルディーだ」

「マルディー……えっ、お二人が」

新宿東署で有馬を待つ間、九条は埼玉県警に連絡を入れていた。こうしていつも先に手を回しておくのだ。

「今、中に確認してまいります」

「無駄な手間だ。通せ」

有無を言わさず規制テープを引き上げ、潜り抜ける九条。有馬も「すみません」と苦笑いをしながら、後に続く。ガラスの押し扉を入ると、コンビニエンスストアより一回り小さいくらいの空間だった。正面奥に上へ向かう階段があり、その右にトイレのドアがある。ドアの前は八台の長机と可動式ホワイトボードがある学習指導用のスペースだ。左側のカウンターの向こうには事務机が三つ並び、奥には簡易的な給湯場がある。

事務カウンターには二人いた。一人は小柄な中年女性、もう一人は三十代くらいの男性だ。中年女性のほうは地味な茶色の上着を着ていかにもそろばん塾の受付といった容貌だが、男性のほうは日焼けをし、ウェーブのかかった髪をだらりと伸ばし、紺色のタンクトップに赤い半そでのシャツと、とてもこの場に似つかわしくない格好をしていた。シャツの胸ポケットからはたばこの箱がのぞいている。普通、学習塾の中でたばこは持ち歩かないのでは、と、有馬は不審に感じた。

「おや、新しい刑事さんかな?」

入ってきた二人に先に反応したのは、その、男性のほうだった。

「ええ、そうです」

「現場はどこだ?」

感情なく、九条が訊ねる。

「この三階ですよ。他の方々、もう来てますけど、ご案内しましょうか。よいしょっと」

男性はそばに置いてあった松葉杖を両脇に添え、カウンターから出てくる。右足が、がっちりとギプスで固められていた。

「ああ、いいですよ修作さんは。座っててください。私がご案内しますから」

中年女性が慌てて立ち上がる。

「二人ともそのままで結構です。行けばわかりますよね」

有馬が二人にそう言っているとき、九条はすでに階段を上りはじめていた。

人が二人やっと通れるくらいの狭い階段だった。二階へ上ると、正面に「大教室」と書かれた扉が一つあった。現場はもう一階上だ。

三階に上るとそこは玄関になっていた。扉は開け放たれ、中に大勢の人がいる気配がする。靴を脱いでフローリングの三和土へ上がり、左手のリビングへと進む。鑑識官たちと、二人の刑事、それにソファーに沈み込んで両手で顔を覆っている女性が一人おり、窓の近くにシートがかぶせられた遺体があった。

坊主頭の五十代らしき刑事が、九条と有馬に睨むような目つきを向ける。

「マルディーです。こちらが九条で、私が有馬です」

有馬はできるだけ腰が低く見えるような口調で、九条の分まで自己紹介をする。

「ほう。あんたがたが。俺は大宮署の田丸だ」

「遺体の身元は？」

自己紹介には全く反応せず、九条はすでにしゃがみ込んでシートをめくっている。傍若無人な振る舞いに、地元の刑事が怒り出さないかと、有馬はいつもひやひやするが、「マルディーの件」は有馬の知らないところで確実に浸透しているらしい。

「萩堂尊人、三十三歳。この《萩堂そろばん塾》と隣の《萩堂進学塾》の経営者だそうだ」

田丸刑事は言いながら、九条の隣にしゃがみ込む。

「絞殺か」

有馬は二人の頭越しに遺体を覗き込んだ。ワイシャツを着た、清潔感のある髪型の男性だった。首に、紐状のもので絞められた跡がある。

「直接の死因はそうだ。だが、後頭部にかなり大きな打撲の傷が数か所ある。鈍器で殴られて昏倒させられた後、首を絞められたというのが正しいようだ」

九条は手袋を嵌めた手で遺体の頭を動かし、後頭部の傷を確認した。

「死亡推定時刻は」

「死後硬直の具合から見て、午前十一時から午後一時のあいだだろうということだ。発見が早かったのでかなり正確だ」

「第一発見者は」

「被害者の義理の兄、萩堂修作だ。下にいなかったか。足を怪我している男だ」

九条は「ふむ」と一度うなずいた。有馬はソファーの女性をちらりと見た。顔を覆って泣いている。被害者と深い関係にあった女性だろうと思った。

田丸刑事は手帳を開き、説明を続ける。

「隣のビルにある《萩堂進学塾》の卒業生たちは年に一度、ＯＢ会と称して旧交を温める会を開いているようだ。今日はその日だったが、進学塾では現役の塾生たちが模擬テストを行っていたから、萩堂はそろばん塾の二階の教室をその場として貸した」

　会が開始したのは午前十時。やってきたのは大学一年生たちばかり二十三人で、被害者の萩堂も初めは参加し、菓子類を食べながら近況報告などを聞いていた。十時半になると、たまっていた仕事を片付けると言って会を抜け、自宅であるこの三階に上った。会は午後一時まで続き、ＯＢたちは帰っていった。午後二時になり、義兄の修作がやってきて、遺体を発見。そのまま携帯電話で通報をした。

「死亡推定時刻の二時間のあいだに、ここにやってくることのできた人間は」

　九条はさらに質問を加える。

「それが……はっきりしないんだ」

田丸刑事はペンで額を掻きながら顔を歪めた。

「建物の入り口は、一階のそろばん塾の扉しかない。今日はそろばん塾の正規の授業は休みだが、電話がかかってくることもあり、荷物の受け取りもあったので、カウンターには神谷という事務手伝いの女性がきていた。さらに、午前九時から補習の小学生が二人来ており、彼女がつきっきりで教えていた」

ソファーの女性を振り返る田丸刑事。

「大西初音さん。そろばん塾の講師で、三か月前から被害者の尊人さんと交際していたそうだ」

大西と呼ばれた彼女は手を下ろし、泣きはらした目で有馬たちを見て頭を下げた。

「当該時間に出入りしたのはOBの大学生たちの他には、いなかったんでしたな」

「……はい」

それだけ答えると、彼女は再び、顔を覆って肩を震わせはじめる。

神谷というのは一階にいた中年女性で、二人の小学生はすでに帰宅させたということだった。

「OB会の参加者の誰かが殺害したという可能性はないですか。二十三人もいたら、一人ぐらい抜けてもわからなそうだけれど」

有馬は初めて口を開いた。田丸は「当面は、その線で捜査を進めているのだが」と顔をしかめた。

「彼らのうち七人は、会が終わった後、近所のファミリーレストランへ流れて談話していた。うちの部下が聞き込みをしたところ、誰も現場の三階へ上がった者はいないと口を揃えて答えたそうだ。二十三人すべてに確認したわけではないから、後々彼らを全員集めて、検証してみる必要があるかもしれんな」

気が進まなさそうに言う田丸刑事の横で九条は少し考えていたが、シーツを遺体の顔に戻し、すっくと立ちあがった。ぐるりとソファーを回り込み、窓へ向かう。

「このクレセント錠には誰も触っていないか」

田丸刑事は不思議そうな顔をしていたが、そばにいた鑑識官に答えるよう促した。

「指紋を採るときに触りましたが、鍵はかかっていました」

「指紋は」

「まったくついていませんでした」

鑑識官の答えを聞き受けると、九条はクレセント錠を外し、窓を開けた。そこは、ビルの裏手に当たるところだ。外に首を出し、左右を見ている。有馬も近づいていく。

換気のためだけの窓で、手すりもない。北向きなので陽も射さず、洗濯物すら干せなさそうだ。五メートルほど離れて、このビルよりも高い木が横一列に十本ほど植えられている。その向こうはマンションが建っているが、木のせいでよく見えなかった。

九条は何も言わずに窓を閉め、鍵を掛ける。そして有馬のほうにぎょろりとした目を向けた。

「下へ行こう。あの二人に話を聞くぞ」

4

ローテーブルの上に缶ビールを置く。松葉杖を揃えてソファーに立てかけ、どっかりと沈み込む。缶ビールを取り、プルタブを引き開け、喉に流し込んだ。ふぅと、一息つく。……やれやれ。この足のせいで冷蔵庫からビールを持ってくるのも一苦労だ。計画のためだとはいえ、念を入れすぎたかもしれない。

にゃあ、と骨折をしていないほうの足にマリコがまとわりついた。

「あっちへ行け」

蹴とばすように追いやると、マリコは遠ざかっていく。

萩堂修作はビールをもう一口飲むと、あの男について思い出していた。

そろばん塾のカウンターで神谷のおばちゃんと話しているときに現れた二人の刑事。一人は間抜けそうな童顔野郎だったが、もう一人の黒いシャツのほうは違った。ぴっちりと整髪料で固められた頭髪。こけたような頰。そして何より、狙った獲物を逃さない猛禽類のような目――。あの男こそ、【悪魔の力】について知っているという警察の人間なのではないだろうか。気味が悪くなって、神谷のおばちゃんを残してこっちに戻ってきてしまったが、何か問題があっただろうか。

もう一口、ビールを飲む。

想定内だ。【悪魔の力】を知る刑事が現れたときのことは、充分に考えてある。そのために、わざわざ骨折までしたのだ。祈りを込めるようにギプスをげんこつで軽く叩いたそのとき、インターホンが鳴った。

松葉杖を取り、玄関に向かう。マリコのほうが早くドアの前で待ち構えていた。ドアを開くと、例の二人がいた。

「先ほどはどうも。萩堂修作さんですね。こちらにお住まいだとお聞きしたので」

童顔のほうが言った。

「ええ。あの、猫が出て行ってしまうので、入っちゃってください」

二人の刑事は素早く中に入ってきて、ドアを閉めた。にゃあ、とマリコがうらめしげに鳴いた。

「私、有馬と申します。こちらは九条です」

九条。その男の名を頭の中に刻む。

「弟さんのご遺体を発見されたときのことを詳しく伺いたいと思いまして。先ほど、別の者にもお話しされたかと思うのですが、私たちはちょっと、担当部署が違うのです」

よくわからない、言い訳めいた説明だった。

「どうぞ、散らかっていて申し訳ないが」

修作はリビングへと二人を通す。ギプスのほうの足が、置いてあったバスケットボールに触れた。転がっていったボールに、マリコがじゃれついた。邪魔だ、そうして遊んでいろ。

「あれ、お引越しですか」

部屋の隅の段ボール箱や、散らばっている包装紙を見て、有馬が訊ねる。

「いや、売れ残ってしまった商品の整理をしていたんですよ。持っていてもしょうがないからごっそり捨ててしまおうとね」

「商品と言いますと……ああ、そうでした。輸入雑貨を売るインターネットショップを経営してらっしゃるんでしたね」

「ほとんど、趣味の延長のようなものですが。ああ、階段にもたくさん荷物があって、通りにくかったでしょう」

階段だけじゃない。親が住んでいた二階の部屋も、一階の倉庫も、ほとんどが雑貨で埋まっている。本気で整理など始めたら、何年かかるかわからない。

「いや、大丈夫でした。ところで足は大丈夫ですか。先ほど、そろばん塾の神谷さんから伺いました。バイク事故だそうですね」

あのおしゃべりばばあめ。

「そうなんですよ。雨上がりにスピードなんて出すものじゃないですね」

「その足で、これだけの荷物をまとめるのは、大変じゃないですか」

勘ぐっているのだろうか。童顔なのでよくわからない。九条は何も言わず段ボールを見ているだけだ。薄気味悪いやつだ。

「あれ、ビールをお飲みでしたか」

有馬が目ざとく言った。こいつ、童顔だからといってなめていたら、次から次へと指摘してくる。修作はいらついてきた。

「弟が殺されたというのに、とでも言いたいんでしょう」

「いえ、けしてそういう意味で言ったわけでは」

「いいんです。でも、なんだか、やりきれない気分になってしまってね。みじめなもんですよ」

「弟さんと言っても、血のつながりはないそうですね」

「ええ、まあ。私の母と父は共に再婚でして。母の連れ子が私、父の連れ子が尊人です。あいつは私と違って頭の出来が良く、父の遺した学習塾とそろばん塾を引き継いだんです」

言いながら、修作の胸の中にむかむかしたものがこみ上げてきた。

子どものころからあいつとは比べられてきた。塾の経営一本でやってきた義父は、勉強のできない者は怠惰だと決めつけ、連れ子の俺のことを白い目で見続けた。そのうち、母親にまで冷たくあしらわれるようになっていった。あいつさえいなければ……。

「それで、何を話せばいいんでしたっけ?」

感情を隠して、有馬に訊ねた。

「そうですね。では、今朝起きたときのことから、弟さんを発見されたときのことまでお願いできますか」

頭の中を整理する。あのこと、、、は、最後の切り札として取っておくつもりだ。

「起きたのは八時過ぎです。シャワーを浴びて、朝食をとって、物の整理をゆっくりとやっていました。そうしているうちに、これを見つけたんです」

テーブルの上に置いてあるトートバッグを手繰り寄せ、中からCDを取り出す。アメリカの有名なサックス奏者のアルバムだった。

「弟から借りていたものでね。このとおり整理が苦手なものだから、部屋の中で失くしてしまっていたんですよ。ようやく見つけたから返してやろうと、あいつに電話をしたんです」

「何時ごろのことです？」

「ちょっと待ってください」

スマホを取り出し、発信履歴を呼び出し、有馬に見せた。九条は興味なさそうだった。

「十時三十二分ですね。尊人さんは何と？」

「今から急ぎの仕事があるから午後二時過ぎにきてくれと。それで、また荷物整理をしたり、飯を食ったりしているうちに二時になったんで、CDを持っていったんですよ。で、あいつの部屋に入ったら……」

「尊人さんが倒れていたというわけですか」

有馬はどことなく納得のいっていない様子でちらりと九条のほうを見た。九条はさっきとは違い、部屋のある一点を見ている。窓の上にかけてある壁掛け時計だ。まさか気づいたわけではないだろうが、安心はできない。

「先ほどから同じことばかり気にしていて申し訳ないのですが、足がそういう状態なのに、自ら返しに行ったのですね。電話して取りに来てもらうということもできたはずではないですか」

「うん、まあ、胸を張って言うことではないが、私は今、雑貨のほうではほとんど利益が出ていないんですよ。前に仕事をしていたときの貯金を切り崩して食べてはいるが、家賃は払っていないし、そういったところではほとんど弟の世話になっていると言っていい。もともと仲は良くないんだが、それに加えて生活を保障してもらっているといううしろめたさもあって、自分から呼び出すのは気が引けまして」

「そうでしたか。言いにくいことをどうもすみません」

有馬は手帳にボールペンを走らせている。

「尊人さんに恨みを持つような人に、心当たりはありませんか」

「さあ。指導が厳しいみたいだから、塾生の何人かからは嫌われていたかもしれないですね。そういえば今日は、あのビルの二階で、OB会が開かれていたんでしょう?」

「はい。二十三人の学生たちが集まっていました」

「二十三人もいたら、一人くらい目を盗んで抜け出すってこともできたんじゃないですか」

「その線でも捜査を進めていますが、学生たちはみな、尊人さんを尊敬していたようです」

「どうだか。口ではなんとでも言えますからね」

ええ、と有馬は肯定するような返事をして、顔を上げる。

「尊人さんは塾の経営を拡大しようと考えていたそうですね。今は第二ビルの二階、三階しか教室がありませんが、この第三ビルも改装して教室にしたいと。そのために、あなたには立ち退いてもらいたいと言っていたらしいじゃないですか」

「……それも、神谷のおばちゃんから？」

「いえ、大西さんです」

あの女、尊人の恋人だからって調子に乗りやがって。しかしまあいい。まだ結婚をしていないのだから、尊人の財産は俺のものになる。

「尊人にとっては、俺は邪魔者でしかなかったんですよ。そりゃそうだ。売りさばけもしない雑貨ばかり輸入して、あいつに金を無心して、借金まみれになって。こんなお荷物を住まわせておくよりは教室にしてしまったほうがはるかにいいに決まっている」

「何もそこまで」

「いいんです。たしかに俺は出ていけと言われ、追い詰められていたというのも事実です。つまり、殺害の動機を一番持っているのは、俺ということになる」

自嘲気味に笑いながら、人差し指で自分のあごを指す。

「だけどさっきから言っている通り、尊人の部屋を訪れるまではずっとこの部屋で片づけをしていましたからねえ。神谷のおばちゃんも、学生ＯＢ以外は誰も入ってこなかったと言っていませんでしたか」

「言っていました」

有馬が答えたそのとき、すっ——、と何の前触れもなく、九条がソファーから立ち上がった。まっすぐに窓に向かっていくと、クレセント錠を外して窓を開いた。

「どうしました？　暑かったですか？」

戸惑いながら、萩堂は訊ねる。九条は顔を窓から出し、尊人の部屋のある第一ビルディングのほうを向いていたが、視線を下方向に向け、

「ここに、足場があるな」

と言った。有馬が窓のそばに近づき、九条の隣から窓の外に顔を出す。

「幅は五センチメートルといったところか。壁はレンガ仕様になっているので、目地の部

分に指を引っ掛け、つま先立ちをして横歩きをしていけぬこともない。隣のビルにも、現場となったその隣のビルにも同じ高さに同じような足場がある」

「足場じゃないですよ。ビルのデザインです」

修作が言うと、九条はくるりと振り向いた。

「足場にも利用できるということだ。そろばん塾の小学生や、事務員の神谷、それに二十三人の学生たちに見られることなく、この部屋から被害者の部屋まで行くことができる。隣のマンションから見られる心配はあるが、間に木もあるし、人目のない隙に行けば問題ないはずだ」

修作はその目の付け所に驚いていた。しかし、刑事ならば当然の着眼点なのかもしれない。

「そうそう。実際、俺と尊人は小学生のころ、度胸試しと称して、そこを使って第一ビルと第三ビルを行ったり来たりしていたもんですよ。今でももちろん、できる自信はあるが……」

修作は、右足のギプスをこつこつと叩いてみせる。

「この足じゃね」

九条は萩堂のギプスを観察していた。そのまま彼の視線は、ラグ、フローリングの床へと移っていく。

「九条さん、どうかしたんですか」

有馬が不思議そうに訊ねる。

「へこみがある」

九条は床の一部を指さしていた。窓のそば、フローリングの一部がへこんでいる。修作は笑いながら窓のそばのガラス戸棚を指さす。中にはボウリングの球がある。

「昔、ボウリングにはまっていてね。そこで磨いていたら落としてしまったんですよ。気になりますか」

修作をじっと見つめる九条。——この男の薄気味悪さの正体に、修作はようやく気付いた。瞬きをしないのだ。ぎょろりとした、それでいて一本の糸すらも見落とすつもりはないという意思を持ったその目から、修作は視線を逸らしたくなる。

「【悪魔の力】を知っているか」

修作は、背骨を氷の手で握りつぶされたような気になった。

「なんですか？」

「悪魔は強い殺意を持った人間の前に現れ、【悪魔の力】を授けていく。授かった人間は、その不思議な力を使い、工夫し、狙いの人間を殺害する」

やはりだ。この男こそが、【悪魔の力】を用いて人を殺した人間を追っているという刑

「【悪魔の力】を使ったときに、現場の上空に〝悪魔の星〟が出る」

事なのだ。

「〝悪魔の星〟？」

「忌まわしき闇の光を放つ星だ。今日、正午過ぎ、私はその星をこの大宮の地の上に見た。近隣で他に殺人事件が起こっていないところから見て、この事件に【悪魔の力】が使われたと考えるしかない」

預言者のような、あるいは呪術師のような口調。それにしても、〝悪魔の星〟なんて聞いていない。そうか。この男はそれを目印に現場に現れ、殺人行為を暴くというのか。風呂場に現れたあのつるんとしたおぞましい生命体が、修作の頭の中で真っ赤な口を広げて笑っていた。

「へぇー」

そう口に出してしまってから、とぼけるべきだった、と後悔した。こんな話、実際に悪魔に会ったことのない者が聞いたら、正気でない人間の妄想として処理するのが当然だ。

「たとえば、その【悪魔の力】が関わっているとして、弟はどうやって殺されたというんです？」

すると九条は荷物の山の間を抜けて、キッチンへと向かった。修作も松葉杖を摑んでソファーから立ち上がり、その後を追う。

冷蔵庫と食器棚のあいだに、人一人分が入れる隙間がある。挟まるように置いてあった米のビニール袋をどかして、九条はその隙間に入り、右手の掌（てのひら）を壁につけた。

「この壁の向こうは、第二ビルだな。ビル同士の隙間は三、四十センチというところだ」

「九条さん、まさか……」

有馬が口に手を当てた。

「【壁をすり抜ける力】だ。たとえ足を骨折していたとしても、三十センチくらいならば乗り越えることができよう」

九条は口を閉じた。言いたいことがあるなら言ってみろという、挑戦的な沈黙に、修作には思えた。

ふっ、と息を吐く。そして、萩堂は笑い始めた。

「なるほど。第一ビル、第二ビルの三階の床の高さは同じくらいだ。【壁をすり抜ける力】なんていうものが本当にあるならば、第二ビルを通って第一ビルの尊人の部屋にたどり着くことができる。当然、神谷のおばちゃんや大西にも、そろばん塾の小学生にも、二十三人の学生たちにも見つからずにね」

萩堂は腹の底からおかしくなった。ひとしきり笑ったあとで、九条の顔を正面から見据（みす）

えた。

「しかし、無理だろうなあ。やっぱり多くの目撃者に見られてしまいますからね」

九条の頬が意外そうにぴくりと動く。その顔に、修作は快感を覚えた。

本当に、こんなにうまくいくとは思っていなかった。

5

「ええ……ああ、そうです」

四十代半ばほどの、グレーのスーツの男性は、有馬の質問に心ここにあらずといった様子で答えた。《萩堂進学塾》で長年数学を教えている、長塚（ながつか）という名の講師だった。

「長塚さん、もっと、しゃきっとして」

萩堂修作に注意されると、長塚は、顔を歪めた。

「だって、どうすればいいんですかこれから。塾長、どうして……」

涙声になっていく。有馬はその肩に手をやり、「お気持ちはわかります」と慰（なぐさ）めた。

有馬と九条は、萩堂修作に連れられ、第二ビル三階の《萩堂進学塾》の教室に来ていた。二十ほどの机と、教卓と、壁に据え付けられたホワイトボード。壁には「志望校絶対合格」と力強い毛筆で書かれた紙が貼ってある他は、余計な装飾は一切なかった。有馬は肩を震わせて泣き出す長塚講師に困惑しつつ、九条のほうに目をやった。第三ビルに接しているほうの壁際で、手を壁に当ててじっと考えていた。

「すみません、ええと、模擬テストの件でしたね」

長塚はようやく落ち着いたようで、有馬のほうを見た。

「本日この教室では、中学三年生の模擬テストが行われていました。試験監督は私です。一限目は英語で午前九時から九時五十分まで。休憩を十分挟みまして十時から十時五十分までが数学、また休憩を挟んで、十一時から十一時五十分までが国語となっていました」

その後昼食休憩が一時間十分取られ、理科・社会はまとめて午後一時から二時のあいだに行われていたという。

「時間は正確ですか？」

「ええ。本日実施したのは《CTC入試センター》という業者が定期的に行っている模擬テストでして、全国順位が出るものなんです。だから加盟している塾が同じ日の同じ時間に実施することが義務付けられていまして、まあ、一分や二分ほどのずれはあったかもしれませんが、ほぼ正確です」

「休憩時間も、この教室には生徒さんたちがいたんですね」

「はい。私は答案を下の事務所に持っていきますから休憩のあいだは引き払いますが、生徒たちはずっといたはずです。お昼ご飯もみんな、お弁当を持ってきていますから」

　ふふ、と萩堂が笑う。

「おかしなことを訊くけど長塚さん、テスト中、あの壁から松葉杖をついた誰かがすり抜けてきたりしなかったよね？」

「はい？」

　長塚講師は萩堂の顔を、河童（かっぱ）でも見るような目つきで見た。

「いや、なんでもないんだ。わかったろう、九条さん。たとえあなたの言う不思議な力を使ったとしても、俺の部屋から尊人の部屋へ行こうとしたら、目撃されてしまうんだ。しかも、とんでもなくインパクトのある目撃のされ方さ。中学生たち、テストどころじゃなくなっちゃうよ」

「修作さん、どういうことですか」

　善良な市民を、これ以上混乱させるわけにはいかない。有馬はそう思い、「長塚さん、ありがとうございました。もう結構です」と、教室の出入り口まで連れて行こうとした。

「待て」

　壁際から止める声がした。九条の目が、長塚に向けられていた。

「あの窓は、ずっとあのままか?」

九条の長い人差し指の先には、窓があった。位置は、尊人の部屋や修作の部屋と同様、ビルの裏手に当たる部分だ。しかし、ガラスには一面、厚い紙が貼り付けられ、外は見えなくなっているのだった。

「ええ。外の景色を見て集中しない生徒がいましてね。それから、中学生が集まるとどうしても休み時間はうるさくなって、夜なんか窓を開けながら騒がれると裏のマンションから苦情が来ます。だから、鍵も開かないようにしてあります。室温はエアコンで調節しますし、明かりも電気をつけますから問題ないんですよ」

長塚講師は答えた。九条はこくりとうなずく。

長塚講師を見送ってから、有馬は部屋の中を振り返った。萩堂修作は生徒用の机に腰かけ、骨折したほうの足をぶら下げている。

「残念だったですね、九条さん」

愉快(ゆかい)げな口調だった。

「【悪魔の力】などというのは妄想じゃないですか。やはり、進学塾OBの学生の中から犯人を探すほうが得策だと思うけどなあ」

「窓の外なら目撃されない」

九条は答える。どういう意味だと、有馬は首をひねった。

「【壁をすり抜ける力】ではないのかもしれない。例えば【空を飛ぶ力】。貴様の部屋の窓から、空を飛んで現場の部屋の窓に達する。街路樹のせいで、向こうのマンションからは目撃されない」

「すっかり俺がそんな超能力みたいな力を使って尊人を殺したと思っているみたいだけど」

「あるいは【手足を吸盤(きゅうばん)のようにする力】【足の長さを自在に変える力】なども考えられるだろう」

「いろんなことを考えますねえ。俺が骨折しているっていうのを忘れているみたいですが。それに、尊人の部屋の窓って、鍵がかけられていなかったんですか」

九条は口をつぐんだ。珍しく、意外そうな顔をしている。

「施錠(せじょう)されていました」

有馬が代わりに答える。あの部屋の窓のクレセント錠は死体発見時、内側から鍵がかけられていたと鑑識官が言っていた。

「尊人を発見したときに、鍵を内側からかけなおせばいい」

九条は食い下がるが、萩堂は「そうじゃなくって」と馬鹿にしたように笑う。

「殺すとき、尊人が内側から鍵をかけていたらどうするんですか。空を飛んで行っても、窓から入れないでしょ。まさか、【空を飛ぶ力】と【壁をすり抜ける力】を併用したなんて言うんですか」

「授けられる【悪魔の力】は一つだけだ」

「ああよかった。素敵なルールがあって」

茶化(ちゃか)すように萩堂は言った。

有馬はそんな彼を見て確信していた。やはりこの男が犯人だ——そうでなければこんな荒唐無稽な話を受け入れるはずはない。それにこのふてぶてしい余裕は、【悪魔の力】を持っている者特有の態度に思える。

「【瞬間移動する力】はどうですか？」

有馬は口を開いた。

「それなら、目撃者のことなんか気にせず、現場に直行できます。足の骨折も関係ない」

九条は無言であごに手を当てる。いつもならすぐに否定するところを、考え込む態度から見ると可能性はありそうだ。

「おやおや有馬さん。あんたのほうはまともだと思っていたけどな。……しょうがない。切り札を出すかなあ」

大きく伸びをしてみせる萩堂。切り札だって？　有馬は嫌な予感がした。

「空を飛ぶ、手足が吸盤、足が伸びる、瞬間移動。そのどれも、ダメなんですよ。実は俺、午前十一時から午後一時半のあいだ、部屋に人を呼んでいたんです」

「なっ……！」

突然の証言の覆（くつがえ）しに、有馬は驚いた。

「黙っててすみません。しかし、これには事情がありましてね。呼んでいた相手というのが――」

6

川上（かわかみ）家は《萩堂進学塾》から徒歩で十五分ほどの家だった。ブロック塀につけられたインターホンを押すと、水色のカットソーを着た、十九、二十歳（はたち）くらいの女性が玄関から顔を出した。身分を名乗り、萩堂尊人が亡くなったことを告げると、彼女は驚き、中へ招き入れてくれた。

通されたのは和室の客間で、有馬と九条は座布団を勧められる。

「川上美弥子（みやこ）と言います」

彼女はおどおどした様子で、そう自己紹介をした。埼玉県内の私立大学に通う女子大生で、一年程前まで《萩堂進学塾》でアルバイトをしていた。今日は家族は親戚の家へ行くと、朝から出払っているということだった。

「率直(そっちょく)にうかがいますが、今日の午前中に、萩堂修作さんのお宅へ行きましたね」

川上は目を見張った。

「萩堂さんからもうかがっております」

彼女と出会ったのは、昨年だった。――萩堂は有馬たちにそう言っていた。普段は塾には顔を出さない彼だが、ごくたまに中学生の自習の監督などをすることがあり、そのときに少し話をしたのだという。彼女の清楚(せいそ)なところに魅(ひ)かれた萩堂はその日、アルバイトの時間が終わって帰ろうとしている彼女に声をかけ、自室に誘った。共に食事をし、輸入雑貨の紹介などをしているうちにいい雰囲気(ふんいき)になり、そのままベッドを共にした。尊人をはじめとする塾の経営陣には秘密に、二人はその後も何度か会っていたが、川上が数か月前にアルバイトをやめてからは会わなくなっていた。

「……昨日の晩、久しぶりに電話がかかってきたときは驚きました。でも……、嬉(うれ)しいという気持ちもありました」

川上は顔を伏せて語った。彼女に電話をしたのは、なんとなく会いたくなったからだ、と萩堂は有馬たちに言っていた。アルバイトの学生に手を出したと言われると面倒なことになるので尊人や塾には黙っていた。その流れでなんとなく刑事にも言わなかったとのことだ。

「あの、私たち、別に付き合っていたわけではないんです。塾の皆さんや家族には内緒にしていますけれど、そういう関係じゃないんです。もうずっと会っていなかったですし」

有馬にとってはそんなことはどうでもよかった。

「今日、萩堂修作さんのお宅へ行ったのは何時くらいでしたか？」

「十一時少し前です。その時間に来るように言われたので」

萩堂の証言どおりだった。

「そのとき、萩堂さんは何をなさっていましたか」

「売れない雑貨を処分するんだと言って、箱詰めにしたり、梱包用の紙で巻いて縛っていたりしました。以前に買った絨毯だとか言っていました。足を怪我していたので大変そうで。私も手伝おうかと言ったんですけど、順番があるからと断られました。マリコの相手をしてくれって」

「あの、灰色の猫ですね」

「ええ。半年前にはいなかったから飼い始めたのかと訊ねたら、塾長から預かったのだということでした」

「塾長というのは、亡くなった尊人さんのことですね」

「はい。塾長、三か月前から新しい彼女がいるそうなんですが、その彼女がひどい猫アレルギーで捨ててほしいって言われたそうなんです。捨てるわけにはいかないんで修作さんがひそかに預かっているって言っていました」

泣きはらしていた大西初音の顔を、有馬は思い出す。猫を捨てろなどと非情なことを言うようには見えなかったが、人は見かけによらないものだ。

「それから、どうしましたか?」

「言われたとおり、しばらくマリコちゃんと遊んでいましたが、せめてお昼ご飯を作ろうと思って、キッチンにあったパスタをゆでたんです」

「そのあとは、お昼を二人で?」

「はい。二人で食べながら、いろいろとお話をしました。修作さんは、塾長にビルを追い出されそうになっていて大変だというようなことをおっしゃっていました」

「何時くらいまでいましたか」

「ええと、あれはパスタを食べて片付けも終えて、一時半くらいだったと思います。キッチンカウンターの上に置いてあったカエルの置物を触ったら、それ、とても大事なものだったらしくて『触るな！』って怒鳴られて。『もう帰れ』って言われたので悲しくなって、私、帰ったんです。もちろん、ビルから出るところは誰にも見られていません」

「わかりました。これはとても大事なことなのですが、あなたがお宅を訪れてから帰るまで、萩堂修作さんは部屋を離れませんでしたか？」

川上は少し考えたあとで、首を横に振った。

「いいえ。ずっと私とお話をしていました。ずっとです」

参ったな、と有馬は思った。

死亡推定時刻は午前十一時から午後一時のあいだ。萩堂には午前十一時少し前から午後一時半まで、確固たるアリバイがあったのだ。——そうなると、【壁をすり抜ける力】はおろか、【空を飛ぶ力】【手足を吸盤のようにする力】【足の長さを自在に変える力】【瞬間移動する力】のいずれも使えなかったことになる。

【悪魔の力】をもってしてもアリバイはどうにもならない。萩堂修作はシロなのだろうか。犯人はやはり、二十三人のＯＢ学生のうちの誰かなのだろうか。

「萩堂は球を落としたか」

有馬が考えていると、九条が突然、口を開いた。ぎょろりとした目が、川上を見つめている。

「はい？」

「窓の近くの床にへこみ傷があった。萩堂は以前にボウリングの球を落としたときのものだと言ったが、あれは明らかに新しい傷だった。貴様が見ている前で、萩堂はボウリングの球か、もしくは何か重量のある物を落としたか」

貴様と呼ばれたことに川上はとまどっていたようだが、やはり首を横に振る。

「修作さんは何も落としていません。ボウリングの球もしまってあったと思います。バスケットボールは床に落ちていましたが」

「ああ、猫が遊んでいましたね」

「あのバスケットボール、前はネットに入れられて、戸棚の把手にぶら下がっていたと思うんですけど……。すみません。余計なことですね」

本当に余計なことだ。別にメモする必要もないだろう。

「他に何かおかしなことはありませんでしたか？」

あまり期待しないで有馬は訊ねたが、「これも大したことじゃないんですけど」と、川上は話し始めた。

「部屋に入ったとき、テーブルの上に掛け時計が置いてあったんです。修作さんに訊ねると、電池が切れたので交換したけれど、足のことがあって掛け直すのが大変だから放置したんだって言っていました。私、脚立を持ってきて窓の上の部分に掛け直してあげました。外すことはできたのに掛け直すことができないなんて、変だなあって思ったんですけど」

たしかにそうだと有馬は考える。しかし、何か事件に関係あるのだろうか。

九条が、さらに関係ないようなことを訊ねる。

「掛け時計は壁にどうやって取り付けた？」

「壁にフックがねじ込んであるんです。そこに掛け時計の裏の穴を引っ掛けました」

九条の頰がぴくりと動いた。まぶたが数ミリ開いた気がする。九条にしては大きな表情の変化だ。

「……そうだったのか」

「えっ、九条さん、何かわかったんですか」

「すべてだ」

「はい？」

「行くぞ」

九条は音もなく立ち上がり、廊下へと出て行く。川上のことなどもう、見えていないかのようだった。

＊

現場である萩堂尊人の部屋に戻ると、二人の刑事と鑑識官、それに、ソファーにはまだ大西初音がいた。

「貴様、萩堂尊人の猫を捨てろと言ったのは本当か」

うつむいている大西に向かい、九条は何の前触れもなく訊ねた。大西は驚いたように顔を上げたが、「はい」と答えた。

「私、昔から猫がダメで。猫を抱いた直後の人に近づいただけで目がかゆくなってくしゃみが出るんです。……おまけに尊人さん、あの猫のこと『マリコ』だなんて女の子の名前で呼んでいたので、悔しくなっちゃって。それで、捨ててって言ったんです。知り合いに引き取ってもらったって言ってましたけど」

「その猫は、萩堂修作が預かっていた」

「そうですか」

大西は、意外そうな様子もなく言った。

「なんとなく、そうじゃないかと。修作さんが二時くらいにそろばん塾に入ってきたときから、目がかゆかったので」

目が赤かったのにはそういう理由もあったのかと、有馬は妙に納得した。

「猫を抱いた人間が、着替えた後なら、近づいても平気か」

九条は大西に、さらなる質問をぶつけていた。

「はい。できればシャワーも浴びてほしいですが、着替えてくれれば大丈夫です。でも、その服は洗ってもらわないと、一メートルくらいの距離でもう、目がかゆくなってしまいます」

なかなか大変な体質だが……、九条は彼女の猫アレルギーの何がそんなに気になるのだろう。

有馬がそう思っていると九条は、不思議そうな顔をしている田丸刑事のほうを振り返り、

「萩堂尊人の遺体はどうした」

と、また意図（いと）のわからない質問をした。

「遺体？　もう運ばれていったよ」

「今すぐ戻すように言え。ここにだ」

「はあ？」

田丸刑事は面食らっていた。有馬だってそうだ。解剖（かいぼう）のために運んでいった遺体を、現

場に戻せなどという命令は聞いたことがない。何だってそんなことを……と思っていると、今度は九条は、片づけをして帰ろうとしている鑑識官の肩をつかんだ。

「ひっ。なんですか」

青ざめた鑑識官に顔を近づける九条。

「今から言うところの指紋を採れ」

万人に対して高圧的、かつ傍若無人なこの態度。まったくこの人のことはわからない。

7

ソファーの背もたれに体を預け、萩堂修作は掛け時計を見上げた。午後五時を回ろうとしている。尊人の部屋から刑事たちは引き上げたのだろうか。

そのまま目を閉じる。静かだ。

──九条というあの刑事は、もう俺を追い詰めることをあきらめたのか。だとしたらやっぱり俺の計画は完璧だったということだ。【悪魔の力】の存在を知る者がやってくることを想定した、用意周到(しゅうとう)なトリック。あの力を使うことは永遠にないだろう。俺に疑いがかかることは、もうないはずだ。

ふと、目を開ける。

「……さーん」

何か、女の叫び声のようなものが聞こえなかっただろうか。

「……よ、ねえ、修作さーん！」

やはり。誰かが窓の外から呼んでいる。あれは、そろばん塾の神谷じゃないか？

右足を引きずりながら窓に近づき、クレセント錠を外す。やはり、裏のマンションの敷地から、こちらに向けて神谷が手を振っていた。同時に、異臭が鼻を衝く。目に痛みを感じる。

「修作さん、火事よ、逃げて！」

すぐ下、二階の窓から、煙が上がっているのだ。両親が死んでから俺以外誰も出入りしていないはずが、何が燃えたというのだろう。そもそも、誰が窓を開けたのだ？　いろいろと考えることがあるが、とにかく逃げなければ。部屋の中に取って返し、松葉杖を動かし、必死で玄関へ向かう。ドアを開くとすでにそこにも白煙が充満していた。

落ち着け、落ち着け。ゆっくりと、階段を下りていく。売れ残った雑貨類がこれでもかと積んであるので、人一人がやっと通れるくらいの狭さがもどかしい。踊り場まで下り切ったとき、萩堂の目に、あるはずのないものがとびこんできた。

硬直したまま、頭を上に階段に寝そべっている者がいるのだ。

「……えっ？」

——尊人だった。

「な、なぜっ！」

白煙の中、目を閉じ、生気のない肌の色の義弟が、荷物と共に修作の行く手をふさいでいる。せき込み、我に返る。とにかく今は逃げることを考えねば。足さえ怪我をしていなかったら簡単に乗り越えられるものを、これじゃあ、邪魔でしょうがない。

修作は尊人の頭の近くに座り込み、その冷たい額に右手を載せた。尊人の顔を睨みつけ、意識を集中させる。——すぅーっ、と、尊人は縮んでいく。

「やはりか」

はっとした。

階下から、黒い男が上がってくる。九条だ。慌てて尊人から手を離すも、もう遅い。尊人の体は通常の人間の半分ほどまで小さくなってしまっていた。その背後には童顔の有馬刑事がついてきており、右手に火のついた花火の束、左手に水の入ったバケツを握っていた。白煙は、彼の花火から出ている。ということは……、

「騙（だま）したのか」

九条はそれには答えず、尊人の遺体に目を落とした。

「【死体の大きさを変える力】。それが、貴様が授かった【悪魔の力】だ」

正確には【動物の死体の大きさを変える力】だ。修作はあの日、一度は【壁をすり抜ける力】を希望したが、授かる直前にこの力に選択を変更したのだった。

「貴様のしたことはわかっている。来い」

九条に脇を掴まれ、修作は人間とは思えない力で引っ張られていく。雑貨の入った段ボールが積まれ、包装紙の散らばる部屋のラグの上に投げ出された。

「いたっ」

にゃあ、とマリコが近づいてくる。やっとの思いで身を起こすと、有馬が脚立を使って窓の上の掛け時計を外しているのが見えた。壁のフックが露わになる。

「十時三十二分に尊人に電話をしたのは、CDの返却について話すためではなかった。『マリコの様子がおかしい。病気のようだ』と言って、尊人を部屋に呼び出すためだ」

修作を見下ろし、九条は言った。

「大事な猫が病気と聞けば尊人は心配してこの部屋にくると言い出す。だが問題は、第一ビルの一階で小学生の補習を見ている恋人の大西だ。彼女にはマリコを貴様に預けていることを秘密にしている。彼女は極度の猫アレルギーで、猫を抱いた人間に近づいただけで目がかゆくなる。彼女に会う前に服を着替えてしまわないといけない。だから、第三ビルへ向かうときには理由をつけてごまかせても、第一ビルに戻ってきたときにはどうしてもバレてしまう。——そう心配する尊人に向かい、貴様は、かつて子どもの頃にやったように、ビル裏手の壁の出っ張りを足場にして自分の部屋にくるようにと提案したのだ。そうすれば、帰って服を着替えることもできると」

まるで、修作のしたことを映像で見ているような口調で、九条は言った。

「窓の外の足場を使ったのは貴様ではなく尊人だったというわけだ。一方貴様はこの部屋である準備をしている。窓を開き、バスケットボールのネットにボウリングの球を入れ、長い紐をつけ、あのフックに引っ掛け、紐の端を持って待っていた」

九条の説明と同時に、有馬がスーツのポケットからバスケットボールのネットを取り出し、同じことをする。窓の上に浮いたボウリングの球。紐を支えたまま壁に身をつける有馬。

「やってきた尊人は、その窓から入ろうとする。その瞬間、貴様は紐を手放しボウリングの球を尊人の頭に落とした」

有馬が紐を外し、どすんとボウリングの球は落ちた。実際には尊人の頭に当たってフローリングに傷がついたが、そのすぐそばに同じようなへこみができた。

「もちろんこれだけでは尊人は昏倒しないかもしれないから、そばに置いてあった別の鈍器で、のたうち回る尊人の後頭部を殴打したのだろう。ただし直ちに尊人を殺害したわけではない。気を失わせただけだ。その後貴様は尊人の体を段ボールの陰まで引きずり、荷物に見えるように包装紙でくるんだ。川上美弥子には絨毯だと言ったそうだが、絨毯なら包装紙にくるむ必要はないだろう」

有馬は九条の説明に合わせるように、段ボールと壁の間まで足を運んだ。

「十一時前になって、昨晩のうちに呼んでいた川上が来訪する。気を失っている尊人の体を包装紙でくるみ、ボウリングの球を片付け、ネットや紐を処分し、床についた血をぬぐうまではできたようだが、外しておいた掛け時計を戻す余裕はなかったようだな。ともあれ、川上としばらく話をしていた貴様は、十二時前後になって、ついに尊人殺害を実行する。すなわち、『絨毯をもっときつく縛らなければならない』などと言いながら、包装紙にかけた紐を強く縛ったのだ。包装紙の下にあったのは尊人の首。貴様は大胆にも、川上の見ている前で尊人を殺害し、アリバイを手に入れたというわけだ」

修作の頭の中がぐらぐらと揺れてきた。さっきの白煙を吸い込んだせいだろうか。

「午後一時半になり、適当な理由で川上を怒鳴りつけて帰した貴様は、包装紙の梱包を解き、【悪魔の力】を使って尊人の体を小さくした。貴様のその胸ポケットの中に収まるくらいに」

修作の目には、九条の姿がぐにゃりと歪んで見えていた。それだけではない、視界が赤に黄色に、点滅している。

「三時ごろ、適当な理由をつけてそろばん塾を訪れ、堂々と階段を上って行く。貴様の胸ポケットに、三階にいるはずの尊人の遺体が収まっているなど、神谷や二人の小学生はよもや思わなかったはずだ。貴様は三階に上がり、尊人の遺体を元のサイズに戻し、尊人が部屋を出るときに開けていた窓のクレセント錠を閉め、第一発見者を装って通報した。――これが、貴様が作り上げた『見えない抜け道』だ」

九条は口を閉じる。

「ちなみに、先ほど、鑑識がビルの外壁を調べたところ、びっしりと尊人さんの指紋がついていることがわかりました」

有馬が補足した。

「尊人さんがわずかな足場を使ってこの部屋までやってきたことはほぼ間違いないでしょう」

「うるさぁい！」

ざらついた、明らかに自分のものではない声が出た。有馬がびくりと肩を震わせる。

「うおお！」

雄たけびを上げると、肩や胸が丸太のように太くなった。それだけではない。腹も、足もだ。ギプスは崩壊し、あたりに散った。九条は動じないが、有馬はびくりとして九条の背後に隠れ、修作を見上げている。――そう、二人を見下ろすほどに、修作は膨張していた。

「貴様らにわかるか、差別され、蔑まれ、追い出されようとしていた俺のことなど。俺は、自分自身を守っただけだ」

両腕を九条の首に伸ばす。まるで大根でも引っこ抜くかのように簡単に、九条は宙に浮いた。

「ぐわはははははっ。貴様に逮捕できるわけがない」

力を込め、九条の首を絞める。自分自身の腕が紫色になっていることに修作は気づいた。太く美しい血管が浮き出ている。そうか――俺は悪魔になったのか。

「悪魔だ！　これが真の【悪魔の力】だ！　俺は死体だけでなく、自らのサイズも変えられるようになったのだ。貴様らに、俺を裁くことなど、できない！」

九条の目が黄色く光る。首を絞められたまま、彼はその右掌を修作のほうへ向けた。

「悪魔に魂を売り渡した者の罪など、裁きに値しない」

「何だと？」

「そんなに己（おのれ）の体の大きさを変えたいなら、望み通りにしてやる」

とたんに、九条の体は大きくなっていく。すぐに、修作の手では収まらないほど首が太くなった。九条だけではなく、背後で見守っている有馬の体も。ソファーも、テーブルも、段ボール箱も、部屋全体が大きくなっていく。

いや、違う。自分が小さくなっているのだ。

気づいたときには修作は、ローテーブルの半分ほどの大きさになっていた。そのあとも、どんどんと縮んでいく。

「止めてくれ」

やっと出たその声は、もう天高くそびえる九条の耳には届かなさそうだった。もとより九条はもう、修作のほうを見ていなかった。

「止めてくれ、止めてくれぇぇ！」

修作は毛糸のジャングルの中にいた。ラグの隙間の、それよりもっと小さい穴に落ち、その穴も修作を放って大きくなり、グロテスクな甲殻類（こうかくるい）のような虫が現れ、それも大きくなっていき……。

――だから、言ったじゃない。気をつけなさいって。

懐（なつ）かしくさえ聞こえる悪魔の声も、もはや幻聴（げんちょう）かもしれなかった。

第三話　それが、強さだ

1

目の前がぼやけている。泥水のせいなのか、涙のせいなのか、鵜沼良平はわからなかった。

《ソレイユ倉庫》という、使われていない倉庫だ。搬出口にはU字溝による排水設備があり、一番隅に、四角く、ひときわ深い溝がある。もともと溜まっていたヘドロのような黒いものと、さっき石橋が落とした土でぐじゃぐじゃだ。もう、この溝を探し始めて、どれくらいになるだろう。見つからない……もし、見つかったとして、引き上げる手立てがあるのかどうか。

石橋の手下たちに殴られた傷はもう痛まない。ただ、切れてしまった口の中はまだ、血の味がしていた。

「くそっ……」

呟いたら、また泣けてきた。ごみが腐ったような臭いが、一気に体内に押し寄せてきたようだった。……だめだ。一度休んで、別の方法を考えよう。ランドセルのそばに座り込む。妙な体勢を取り続けていたため、腰が痛い。コンクリートで擦れてしまったのか、いつの間にか右の肘に擦り傷ができていた。

もう、暗くなりかけていた。おーふぉ、おーふぉ、と、隣のビルから謎の声が聞こえてくる。ナントカ宗という新興宗教の修行場だそうで、学校から歩いて三分もかからない距離にあるこの廃倉庫に誰も近づいてこない理由のひとつになっている。それでなくても、塀のおかげで、外からは誰にも見られない。……あいつらが誰かを痛めつけるのに、最適の場所というわけだ。

さびついたまま放置されているパイプ椅子――あそこに座っていた石橋の顔が思い浮かぶ。自分はまったく手を汚さず、手下どもに良平を殴らせ、その様子をニヤニヤしながらスマホで動画撮影していた、あの憎たらしい顔――。

「ちぐしょう！」

倉庫じゅうに叫び声が響いた。思わず出た自分の訛りすらも、恨めしかった。

なんで、なんで自分ばっかりこんな目に遭わなければならないのか……。こんなに苦しい思いをするなら、賠償金なんてないほうがよかったんだ。あれに、母ちゃんもずっと苦しめられていた。……母ちゃん。

母ちゃん、なんで死んだんだ、母ちゃん！　今年の初もうでで、死なないって、約束したのに！

——鵜沼くん、その「母ちゃん」っていうのはイナカ臭くって、僕をいらいらさせるからやめたほうがいいね。

赤いお守りを手でひらひらさせながら、頭の中で石橋が薄笑いを浮かべた。

——それに、こんなものを大事にしている女々しい態度も僕をいらいらさせるね。いつまでも母ちゃん、母ちゃんって、情けなくないのかな。親はいつか死ぬんだ。死んだ親は早く忘れるっていうのが、東京流だよ。

いやみったらしい口調だった。

——でもね、君みたいなコエダメ臭いイナカ者が東京になじむっていうのは、ものすごい努力が必要なんだと思う。だから、僕たちが忘れさせてあげるって言っているんだ。君は僕たちに感謝すべきなんだよ、わかるね。そう、こんな汚いものは、こうさ。

お守りを、U字溝が集まる四角く深い溝に落とし、その上からスニーカーで土を落とした。良平は石橋につかみかかろうとしたが、手下どもに押さえられ、めったやたらに殴られ、蹴られた。その様子を、石橋はパイプ椅子に座ったまま悠々とスマホで撮っていたのだ。

——いいかい。

手下たちによる暴力がひとしきり終わると、石橋は良平に近づいてきて言った。

——親を忘れさせてやった謝礼と、今の生意気な態度に対する慰謝料。僕には十万円。彼らには一人五万円ずつ。明日持ってきなよ。賠償金をもらっている君からしたら、チリみたいな金だろう。

倒れている良平の顔に唾を吐くと、石橋は手下たちとともに去っていった。

殺す。……考えたこともない言葉が、良平の頭に浮かんだ。

石橋のあの頭に、斧でも振り下ろせたら、どんなに気持ちがいいだろう。ハンカチで涙をぬぐいながら、良平は考える。割れた石橋の頭蓋骨から、血まみれの脳みそが飛び散る様子を見て、手下の三人はどんな顔をするだろう。

いや、あいつらも弱みを握られているだけだろう。先生や女子にはいい顔をして、裏では悪さをしているあんなやつ、死んだほうが、みんないいに決まっている。あんな性格の悪いやつ、この世から消えたほうがいい。

殺す。……殺す、殺す、殺す。石橋翔を——殺す！

「やぁーだ、いい顔ねっ」

良平は飛び上がりそうになった。気づけば、おーふぉ、おーふぉの声は止んでいた。さっきの叫び声がナントカ宗の連中を不審がらせ、様子を見に来たのかもしれない。しかし、倉庫の中に人影はなかった。

「ここよ、ここ」

振り返って、ぎょっとした。さっきまで良平が頭を突っ込んで泥をかき回していた四角い溝から、まるでエレベーターにでも乗っているかのようにゆっくりと、黒いものが上がってきたのだ。髪の毛のない、つるんとした顔。自転車のライトのように光る黄色い目。真っ黒な体。

「これ、あんたのでしょ？」

それは、良平の足元に何かを放ってよこした。

「あっ」

間違いない。さっき石橋に落とされた、母ちゃんのお守りだった。良平は両手でお守りを拾う。不思議なことに、泥などまったくついておらず、綺麗なままだった。真っ黒なそれは、溝からもう完全に体を出し、良平の前に立っている。恐ろしい姿だが、怖くはなかった。イソップ物語だかグリム童話だかで読んだ、金の斧と銀の斧を持って現れる泉の女神を良平は思い出していた。

「ありがとう。ええと……」おじさんと呼ぶべきか、おばさんと呼ぶべきか迷い、結局「あなたは誰ですか」と訊（たず）ねた。

「悪魔よ」

「悪魔？」

「何を驚いているのよ。どう見ても悪魔じゃないの」

「なんで悪魔が、こんなところに」

「あなた、誰かに強い殺意を抱いたでしょ。誰かを、殺してやるぅーっ、て」

良平ははっとした。石橋翔を殺す。その思いが、この悪魔を呼び出したようだ。

「あなたが、石橋を殺してくれるんですか」

「私は殺さないわ。やるのはあなた自身」

良平はがっくりと肩を落とした。

「俺が、か。でも俺は力もねえし、殺すなんて……」

さっきは殺す気になっていたが、いざ自分がやるとなると、どうも無理な気がしてきた。

「自信がないのねえ。みんなそんなもんよ。そんなあなたに、私は、人間が一生かかっても手に入れられないような力をあげるの。この力をうまーく使えば、あなたみたいな少年にだって、完全犯罪は夢じゃないわ」

悪魔はどこからか、レストランのメニューのようなものを取り出し、良平に見せた。そこには、ミミズがのたうち回ったような文字がつらつらと書かれていた。見たこともない、外国語かどうかすらもわからないような文字なのに、不思議なことに何が書かれているかわかるのだった。

良平の目は、ある文字にくぎ付けになった。

「この【舌の形状を自在に変える力】っていうのは……」

「読んだ通りよ。長さも、形も、固さも、自由自在」

「じゃあ、ナイフみたいに尖(とが)らせて相手の腹に突き立てるっていうのも」

ちっちっち、と悪魔は人差し指（よく見たら四本指だが、それにあたる指）を左右に振った。

「それ、前にやった高校生がいるの」

「えっ?」

「でも、警察にバレちゃってね。あなたには先に言っとくけれど、警察には私の存在を知っている人がいて、その人に【悪魔の力】を使って殺人を実行したことがバレたら、とんでもない目に遭うわ。その高校生もとんでもない目に遭ったんだから」

良平は恐ろしくなった。すると悪魔は表情をやわらげた。

「そんな顔、しないの。バレなきゃいいんだから。ね。たとえば……」

悪魔は工場の中に入り、きょろきょろすると何かを発見して、良平を手招きした。

「あそこに古いフォークリフトがあるわね」

　見上げると、吹き抜け状態の二階が向かい合うようにしてある。入り口から見て左手のほうには手すりがあるけれど、右側のほうの手すりは取り払われていて、たしかに一台、フォークリフトが後輪をこちらに向けて停めてあった。

「あれが、あそこから頭の上に落ちてきちゃったらどうかしら」

　悪魔は笑いながら、さっきのメニューを良平に見せた。尖った爪で指されたのは、【水平方向に人の百倍で物を押せる力】という文字だった。

「百人分の力で押したら、エンジンが入ってなくても動くでしょう。タイヤもついているわけだし」

「たしかにできるだろうけど」

　良平はフォークリフトを見上げる。

「ちょうど落ちてくる位置に、あいつをずっと立たせておけるかな。あいつは用心深いし」

「そこはあなたがうまくやらなきゃ」

　少し考えたが、どうもうまくいきそうなイメージがつかめなかった。

「そもそも、あいつを一人でここに誘うのが無理だ。やめどく。他のにする」

良平はメニューを見ながら、頭がつぶれそうになるくらいに考えた。フォークリフトのような重いものをあいつの頭に落としてやるというのはいい手だ。事故に見せかけることができる。……そして、ある力が目についた。

【強力な磁力を発する力】

「これは、どこから磁力を発生させられるんだ」

良平は悪魔に訊ねた。

「あなたの体全体よ」

「自分がものすごく強い磁石になれるってことか」

「ええ。そう考えてもらっていいわ」

倉庫内を見回し、良平は想像してみた。……これなら、うまくいきそうだ。

「これにする」

「そう。わかったわ」

悪魔は赤い口を横に広げて嬉しそうに笑うと、メニューを左手でぐしゃりと握りつぶしてかき消し、

「そのまま、じっとしていて」

右手を広げて良平の額につけた。

「悪魔は『健闘を祈る』なんてことは言わない。せいぜい、相手の幸運を呪ってあげるわ」

ぐがん、と雷みたいな衝撃が体の中に走る。良平の視界は暗くなり、足から力が抜け——、なぜか、死んだ母ちゃんの顔が見えた気がした。

2

板橋区常盤台にある《ソレイユ倉庫》に、有馬孝信と九条一彦が着いたのは、十月二十四日、水曜日の、午後九時三十分を少し回った時刻だった。ランプを回したパトカーが三台、やじうまがわんさかいる。現場の倉庫はマンションの工事現場などでよく見る金属の塀で囲われているが、一部が取り外され、中に入れるようになっている。

「マルディーです」

立哨中の制服警官に警察手帳を見せると、黄色い規制テープを上げてすんなり通してくれた。

倉庫の内部は広かった。電気は止められており、所轄署が持ってきたらしき白熱灯が四つ、煌々と照っている。鑑識たちが作業を進め、光の中心には三人の刑事が立って何かを話していた。彼らの向こうに、フォークリフトが一台あり、コンクリートの床に血の池ができている。死体はすでに運び出された後だが、かなりの惨状だったことがうかがえる。

「ご苦労様です」

有馬が声をかけると、三人は振り返った。

「新宿東署から来ました、マルディーの有馬です。こちらは、九条です」

九条が自己紹介をしないのはもうわかりきっているので、有馬が代わりに言う。髪をオールバックにした五十代の刑事が、常盤台署の倉野と名乗った。

「被害者は？」

すでにフォークリフトのそばにしゃがみ込んでいる九条が訊ねる。相変わらず、無駄なことは何一つしゃべらない。

「石橋翔、十一歳。近所にある常北小学校に通う六年生だ」

小学六年生。今までにない被害者に、有馬は少し驚いた。血だまりが、第一印象にもまして痛々しく感じられた。倉野刑事は手帳を開いて目を落とす。

「第一発見者は、父親の石橋雄平。被害者の翔は毎日六時半には帰宅するが、今日は七時三十分を過ぎても帰宅していなかった。翔は昨日も七時三十分ごろ家族に黙って家を抜けており、不審に思った父親はクラスメイトに電話をかけてまわった。すると、被害者とよく遊んでいる少年の一人がこの倉庫のことを教えてくれた。父親が来てみたところ、この惨状を目にしたというわけだ」

父親はかなりショックを受けており、警察が現場に駆け付けたときには放心状態だったという。今現在は自宅に帰り、落ち着き次第聴取をする予定だ、と、倉野刑事は言った。

「死亡推定時刻は今日の午後四時から六時のあいだ。死んでいた体勢から、これに座っているときに、上からフォークリフトが落ちてきたと考えられる」

倉野刑事はフォークリフトの脇に目をやる。ひしゃげたパイプ椅子が二脚、横たわっていた。

「フォークリフトの重さは二トン。全身の骨が折れ、即死だった」

九条がそのパイプ椅子に目をやったのはほんの一秒ほどで、すぐにもう一度、フォークリフトを見る。

「この倉庫には、普段から子どもたちが出入りできたのか」

九条の問いに倉野刑事は「ああ」と答えた。

「ここはもともと貸倉庫だった。沼端（ぬまばた）という男が経営して酒を扱う業者に貸し出していたが、三年前に沼端が死んだのをきっかけに契約は終了している。倉庫は沼端の息子が相続したが、彼には貸倉庫業を続けるつもりはないそうだ。そこで、売りに出しているが、この不況でなかなか買い手がつかない状態らしい」

倉野刑事の説明に、九条は少しだけうなずくようなしぐさをみせた。有馬は周囲を見回す。

「このフォークリフトはもともとどこにあったのか」

九条が訊いた。倉野刑事はコートのポケットから懐中電灯を取り出し、点灯させて天井方向に向ける。

「後輪をこちらに向けた状態で、あそこに置いてあったらしい」

「二階にフォークリフトを？」

「普通は二階では使わないだろうと私も思ったんだが、前に借りていた酒の業者が上でも在庫品を移動させるのに使っていたそうだ。買い手がつけば共に譲るつもりで、そのまま放置されていた」

「あれくらい高ければ、普通、手すりがあるのではないか」

「それはあっちだ」

倉野は一階右側の床を照らし出す。さびついた手すりが無造作に転がっていた。

「腐食がすすんでおり、忍び込んだ悪ガキが落としてしまったんじゃないかと持ち主の沼端は言っていた」

危ない場所だ。しかし、子どもたちにとってはこういうところは遊び場として魅力的なのだろう。有馬も、小・中のころは、近所にあった廃工場に友人と忍び込んで遊んだものだ。

「フォークリフトが自然に落ちてきたということは考えられませんか？」

有馬は訊いた。倉野は首をかしげる。

「ありえないことではないが、考えにくいだろうな。フォークリフトの鍵は沼端が管理していて持ち出した者はいないというし、先ほど調べたらそもそも軽油が入っていなかった」

「押して動くようなものではないですよね。いったい、どうやって」

それがわからないから苦労しているんだ、と言いたげに、倉野は首をすくめた。本当は、他殺であることは現場へ来る前からわかっていた。九条が空に暗く輝く〝悪魔の星〟を見たことが、そもそもここへきた理由なのだから。九条によれば、その星は、何者かが【悪魔の力】を使って人を殺(あや)めたときにしか出ないのだ。

九条が音もなく立ち上がった。大型機械のあいだを抜けていく。二階への階段へ向かっているようだった。

「暗いから危ないですよ」

有馬は倉野刑事から懐中電灯を借りると、上司の背中を追った。足元など照らさなくとも、勝手知ったる場所のように九条はずんずん上がっていく。

二階の床はきれいなものだった。九条はまっすぐ、翔少年が死んだ真上にあたる場所まで歩き、真下を見る。

「犯人は、ここからフォークリフトを落としたんですね」

有馬は、わかりきったことを口にした。

「【ものすごく強い力】じゃないですか」

「そうかもしれない。【悪魔の力】をもってすれば、たやすいことだ。だが」

九条は首から上だけを有馬のほうに向けた。薄暗い中でも、有馬にはそのぎょろりとした目がはっきりと見えた。

「共に来た者が一人だけ二階に上ったら、下に残った石橋は不審がらなかったのか。どうして石橋はずっとパイプ椅子に座ったままだったのだ」

「縛られていたとか」

「ロープはなかった」

有馬はしばし考えた。被害者は小学六年生だ。大人が、「ここに座っていて」と言えば素直にきいたのでは……有馬が言おうとしたとき、九条の足がすっと動いた。暗がりをためらいもせずに歩いていく。今度は、入り口とは逆側の壁に沿うように作られた、渡り通路に向かっている。吹き抜けをぐるりと迂回(うかい)するように進み、向かい側の二階にやってくる。こちらには手すりがあるが、いったい九条は何が気になるのだろうか。

ちょうどフォークリフトが置いてあった向かい側の位置まで来ると、九条は立ち止まり、足元を見た。

「有馬、これをどう思う」

九条の足元には、五十センチほどの鉄パイプが数本、空き缶やスプレーの缶、子どものバッジ、ネジやナットなどが転がっていた。どう見てもガラクタだが、何か意味があるというのだろうか。

「この一角に集中している」

言われてみれば、九条の立ち止まったあたりにばかりガラクタが集中していた。

「さあ……子どもが集めたんじゃないですか」

有馬の答えにはさほど興味がなさそうに、九条はしゃがみ込んで手すりを調べ始めた。

「曲がっている」

「はい？」

有馬も九条の横にしゃがみ、鉄製の手すりを観察した。さびついたその手すりはたしかに、こちらに向かって曲がっていた。

「これだけ古いものですからね。現に、向こうの手すりは壊れちゃったんでしょう」

「おかしな曲がり方だ。まるでこちらに引き寄せられているように」

九条は立ち上がり、こちら側の階段から下りて行った。有馬はすでに、懐中電灯を自分のためだけに使うことにしていた。

階下で、九条は床の観察をした。上より多くのガラクタが、やはり一か所に集中している。のみならず、二階左側にあった手すりの残骸（ざんがい）までが同じ位置にあった。倉野をはじめ、常盤台署の刑事たちが不審げな目で九条の動向を見ていた。

九条は落ちた手すりのすぐ脇で、頭上に目をやった。先ほどまで調べていた、手すりの曲がった位置がちょうど真上にあたるようだ。やがて彼の視線は、今しがた下りてきた左側の階段へと向かう。

「この倉庫の隣は、何の建物になっている」

倉野刑事はそれが自分に向けられた質問だということを理解するのに少し時間がかかったが、九条と有馬のもとへ近づいてきて答えた。

「講神御霊宗（こうしんみたましゅう）の板橋支部だ」

「なんだ、それは」

「新興宗教だ。本拠地は埼玉県の朝霞市だが、都内にもいくつか支部がある。妙な修行をする連中だが、周辺住民からはこれといった苦情は出ていない」

近づくと面倒なことになりそうだと有馬は感じたが、

「行くぞ」

九条はそんなことは微塵も思っていないようだった。

3

講神御霊宗板橋支部にて事情聴取を求めると、立派なソファーのある応接室に通された。五分ほど待たされたあとで部屋に入ってきたのは、六十歳ばかりの男性だった。白装束に、紫色の羽織というでたちで、首には、大きな数珠のようなものをかけている。

「こんばんは。報明大師の原内と申します」

教団内の階級とおぼしき肩書を名乗り、彼は頭を下げた。表情は柔らかく、物腰も丁寧で、この格好をしていなければ、不動産業者にいてもおかしくないような印象だ。

隣の倉庫で小学生が死んだという情報はすでに彼のもとにも入っていた。

「小学生が出入りしているのは御霊の愛息たちも存じておりました。危ないことがあったらいけないと心配していたのですが、まさか、こんなことに」

原内は目をつむり、手を合わせた。御霊の愛息というのはこの宗教での信徒の呼び名らしかった。

「それで、私どもに何をお訊ねに？」

「死亡推定時刻は今日の午後四時から六時のあいだなのですが、そのとき、こちらのみなさんはどうしていましたか」

有馬の質問に、原内は少しだけむっとしたような顔をしたが、すぐに表情を戻した。

「合同修行をしていました」

「それは、どういう……」

「二階にある合同御霊礼拝堂で、御霊の愛息全員で祈りを捧げるのです。階級も関係なく皆参加することが御霊の御意思です。怠けたり、抜け出したりする愛息はおりません。私どもは人類の救済を求めこそすれ、背教者を殺めるのは本意ではないのです。ましてや相手が年端もいかない子どもとなると」

「いえ、疑っているわけではないのです」

まいったな、と思ったそのとき、九条が口を開いた。

「合同修行の最中、変わったことはなかったか」

　この人が口を挟むと余計にややこしいことになるのではと有馬は思ったが、原内はぽんと膝を打ち、なぜか嬉しそうな顔になった。

「今日の修行の最中、御霊が奇跡を皆に見せてくれました」

「どういうことだ」

「御霊が降臨する際、通常では考えられぬことが起こるのです。そもそも開祖の宮武御枕沢命が御霊の奇跡を初めて目の当たりにしたのは、昭和五十年の十月二十二日、当時お勤めになっていた俗世の会社へ向かう満員電車の中でのことでしたが……」

「その日の話はいい。今日のことを訊いている」

「時計が止まったのです」

　原内はすっくと立ち上がり、「こちらへ」と二人を応接室の外へ案内した。

　お札が隙間なく貼られた廊下を歩き、階段を上がり、二階の礼拝堂へ連れてこられる。

畳敷き二十畳の部屋だ。廊下と同じく、壁には乱雑にお札が貼られており、黄色くなった畳はところどころ擦れていた。神棚のようなものはなく、なぜか壁際に水の入ったペットボトルがずらりと並べられている。

「あれです」

原内が指さしたのは、壁掛け時計だ。シンプルなアナログ時計だが、五時を少し回ったところで止まっている。

「祈りの最中、愛息の一人が止まっていることを指摘したのです。しかしよくご覧くださいませ。完全に止まっているのではなく、長針の先がぴくぴくと動いてございます」

たしかに、原内の言う通りだった。九条もじっとその長針を観察している。

「御霊がこの礼拝堂に降臨なさったのです。その時刻を正確にとどめておくために時計を止めたのです」

「この時計を借りたい」

原内の陶酔（とうすい）などお構いなしに、九条は言った。原内は戸惑（とまど）っていた。

「しかし……、これは御霊がこの礼拝堂に……」

「違う。ただの科学的現象だ」

「たしかに。御霊の存在は霊科学現象として高名な大学教授によって証明されております」

「いいから貸せ。調べたらすぐ返す」

「しかし……」

「これを私に貸したほうが、貴様らの妄信（もうしん）よりよっぽど少年の魂（たましい）の救済になる」

明らかに、原内のほうが押されていた。話の通じない相手にも無表情に言ってのける九条の態度に、今回ばかりは有馬は感心していた。結局、少し考えたあとで、原内は時計に向かってもにょもにょと何かを唱えた。

「どうぞ、お持ちください。亡くなられた小学生の魂が救われますよう」

そう言って、信仰者は手を合わせた。

「【悪魔の力】の正体は、判明した」

講神御霊宗のビルを出るなり、九条は言った。有馬は「はい？」と振り返る。礼拝堂の壁から外してきた時計は、風呂敷に包まれて有馬の手の中にあった。

人を殺めるのを手助けする、人知を超えた【悪魔の力】――今回の事件においては早々と、九条はそれが何なのかを見破ったというのだ。有馬には信じられないが、この人は【悪魔の力】に関してはものすごく鋭い観察眼を持っているのだ。今有馬が抱えている止まった時計が、その証拠なのだろう。

「じゃあもう、解決ですか」

「いや」と、九条は首を振った。

「やはり、石橋をパイプ椅子に座らせておく方法がわからない」

そして九条は有馬に告げた。

「まず、犯人を先に探してしまおう。石橋の担任の教師をあたるぞ」

4

元山奈津子（もとやまなつこ）というその教師は、現場の《ソレイユ倉庫》の最寄駅（もよりえき）から二駅のところに住んでいた。小学校の教師というのは授業後もやることが多く、帰宅は毎日九時すぎになるという。有馬と九条が彼女の住むアパートを訪れたとき、彼女は帰宅したばかりだった。

「本当に、急なことで、私、どうしたらいいのか……」

元山はげっそりとした表情で言った。年齢は二十七歳とまだ若く、テーブルやラグ、カラーボックスにテレビ台など、けして広いとはいえないその部屋のほとんどが黄色のもので統一されている。カラーボックスの上に置かれたひまわりの造花の明るさが、彼女の憔悴（しょうすい）をより際立（きわだ）たせていた。

「学校は保護者に説明会を開くでしょうか。私も、出なきゃいけないでしょう」

元山は頭を抱え、髪をかきむしった。ずいぶん取り乱して泣いたであろうことを、テーブルの上に放り出されたままのハンドタオルが物語っている。ハンドタオルの脇には、昨日の日付のスポーツ新聞と『サイエンス・ビー』という科学専門と思しき雑誌が重ねておかれている。科学雑誌は授業のために読んでいるのかもしれないが、スポーツ新聞のほうは意外だった。最近はプロ野球の好きな女性も増えているというから、おかしいことではないのだろうか。

「さあ、私たちにはそれは、わかりません」

「私、結婚が決まっていて、今年度で教員を辞めるんです。最後の年になんで……。なんで石橋くんは……」

これじゃあ聴取ができません、と助けを求めるような目線を九条に送るが、この男がそれに応じてくれるはずもなかった。有馬は気を取り直し、彼女に向き直る。

「大変なときとは思いますが、質問にお答えください。《ソレイユ倉庫》が子どもたちの遊び場になっていることはご存知でしたか」

「……はい。教員会議でも何度か話題になり、集会などでも出入りしないように言いました。でも、この近辺には他にもああいう倉庫や工場跡は多くあり、もっと危険な場所も多いんです。《ソレイユ倉庫》はそんなに問題視されているほうではなく、私も、フォークリフトだなんて危険なものがあるとは知りませんでした」

「石橋君が出入りしていたのはご存知でしたか」

「いえ、知りませんでした。やはり私の、監督不行き届きということになるんでしょうね……」

また悔やみはじめる。石橋少年が死んで悲しいというより、説明責任について頭を抱えているように有馬には見えた。

「死んだ石橋という少年は、いじめをしていたか」

突然、九条が切り出した。ひっ、と、元山はしゃっくりのような声を出した。

図星だ、と有馬は思った。――【悪魔の力】の殺人があるところには必ず強い殺意がある。その矛先となる被害者には殺意を抱かせる理由がある。小学生の場合、まず「いじめ」が考えられる、と、九条はここへ来る前に言っていたのだ。

「我々には、正直なことをお話しいただけますか」

穏やかな声色で有馬が言うと、元山はハンドタオルで一度目を覆い、ふう、と観念したような息を吐いた。そして、カラーボックスから小さなアルバムを取り出した。遠足の写真だ。四人の少年が写っている一枚を、元山は二人に見せた。

「この、真ん中にいるのが石橋君ですね。そして、庄野君、有田君、安河内君。彼らが、いわゆる取り巻きというか、そういう子たちです」

「この四人で、いじめを？」

元山は答えにくそうな顔をした。

「実は、よくわからないんです。石橋君は、私たち教師の中では模範的と言われる生徒です。成績はいいし、言葉遣いも丁寧で、委員会の仕事もしっかりやっています。ご覧の通り、見た目もしゅっとしていて清潔感もあって、女子にも人気があります。私も、クラスのことで石橋君を頼ることが何度もありました。褒めるところしかないんです。だから……困っているというか」

と、写真の中の四人に目を落とす。

「石橋君が、この三人といじめをしているんじゃないかという噂は前からあったんです。でも、石橋君みたいな模範的な生徒って、他の生徒からねたまれたりするじゃないですか。石橋君がそんなことをするはずはないというのが、職員室での意見でした」

「担任としての意見はどうですか」

「私も初めはそうでした。ですが」

と、アルバムの別のページをめくる。ふて腐れたような表情の坊主頭の少年が一人で弁当を食べている写真だった。弁当も、コンビニで売っているような、ビニールパックに入ったものだ。

「鵜沼良平君と言って、今年の四月に転校してきた子なんです。複雑な家庭の子でして」

元山は鵜沼の出身地である東北の町の名を告げた。有馬もその町の名は知っていた。かつて震災による原発事故により住民が退去させられた町だ。

「あの町に住んでいた人って、電力会社から賠償金が出たじゃないですか。引っ越した先でそれが周囲に知られるとお金を無心されたりしていづらくなってしまうようなんですね。それで、鵜沼君は両親とあちこちを転々としてきたんだそうです。板橋に越してくる前は群馬の高崎(たかさき)にいたようなんですけれど、もともと体の弱かったお母さんは入院生活になってしまい、今年の二月に亡くなってしまったそうで……かわいそうな子なんですよ」

元山は語るように切々と言った。

「どうかあの町の出身であることは言わないでほしいと、私もお父さんに念を押されていたんですけど、そういう話ってどこからか漏(も)れるんですね。鵜沼君はなんだかたくさんお金を持っているらしいとクラスの子たちが噂するようになりました。鵜沼君は他の子と溶け込むことのない子で、言葉の訛りもからかわれたりしていて、今でも仲のいい友達はいないみたいです」

「その子が、石橋君たちにいじめられていたのでしょうか」

「ですから、わからないんです。担任がクラスの子のことを全部わかっているなんていうことは、決してないんです」

どうも言い訳めいていて要領を得ない。するとそのとき、テーブルの上に置いてあった元山のスマートフォンが震えた。元山はスマートフォンを取り、慌てたように玄関に近いキッチンのほうへ去った。

「……うん。今、警察の人が来てるから。……大丈夫だから、私は。うん」

両親か、友人だろうか。――と、有馬は彼女の背後のシンクを見てわかった。洗い物かごに、二人分の食器があるのだった。ワンルームのこの部屋は二人で住むには狭く、ベッドは一人分しかない。恋人が出入りしているのだろう。そういえば先ほど、結婚して教師を辞めると言っていた。カラーボックスの中には灰皿もある。スポーツ新聞も、ひょっとしたらその恋人が読むものではないのか。

「……大丈夫。……うん、ごめんね。ありがとう」

九条は元山と恋人の電話になど興味はない様子で、じっと鵜沼少年の写真を見ていた。

「じゃあ、また明日」と通話を切り、元山が戻ってくる。

「重複した質問かもしれませんが、石橋君は鵜沼君に恨まれていた可能性がありますね」

「ない、とは言い切れないと思います」

元山は暗い表情で答えた。今日はもう遅いので、鵜沼という少年に話を聞くのは明日になるだろう。

「貴様、結婚をして辞めると言ったな」

そろそろ聴取も終わりかと思ったとき、九条が訊ねた。

「え、ええ……」

「相手は給料のいい仕事か」

何を突然訊くのかこの人は。やっぱり恋人の電話が気になっていたのだろうか。

「はい。母が知り合いの伝手で紹介してくれた、銀行員の方です」

九条はつまらなそうにうなずいた。この人の考えていることはやはりわからないと有馬は思った。

5

元山先生の口から、石橋が死んだことが告げられたとき、クラスは時が止まったようにしーんとした。朝のホームルームの前からすでに庄野たちによってクラスのみんなに知らされていたけれど、実際に先生の口から聞かされると、現実味がわきあがってきたようで、女子たちはみんな泣いていた。

あいつら、石橋の本性がまるでわかっていなかったんだ。

「みなさんも、ああいう使われていない倉庫には、もう近づかないでください……」

元山先生の顔も悲しそうだった。当然だ。石橋は先生のお気に入りだったんだから。成績が良くて、絵もうまくて、足も速くて、言葉遣いもよくて、顔もよくて、みんなに優しくて……先生っていうのは、そういう模範的なところしか見ないもんだ。俺みたいな、暗くて、東北訛りのある田舎者なんて、クラスのお荷物なんだ。

授業は、普通に始まった。もちろん石橋のことがあるから雰囲気は暗いままだ。先生は気にしないようにしながら算数の式を黒板に書いていくけれど、その背中はどんよりとしていた。外はいつの間にか、雨になっていた。灰色の雲が、教室を余計暗くさせているようだった。良平はなるべく感情を見せず、存在感も消し、黒板の文字を無心でノートに書き写し続けた。

がらりと教室の前の扉が開いて、沢井先生が顔を出したのは、一限目があともう少しで終わろうというときだった。学年主任である沢井先生とは、三クラス合同の理科の授業や、昼休みに体育館でたまに開かれるロボット遊びのときにだけ顔を合わせる。明るい口調で授業を進めながら、自分で作ったロボットを操作させてくれるこの先生のことを、良平は好きだった。休みの日は子どもとロボット作りを楽しむのだという話を聞いて、自分にもこんな父親がいたらどんなにいいだろうと思ったこともある。いつも明るい沢井先生だが、石橋のことを受けてだろう、今日は暗い顔だった。沢井先生は元山先生と少し話したかと思うと、良平を手招きした。

「警察の方が見えている。鵜沼君と話をしたいそうだ」

廊下に出ると、沢井先生は低い声で告げた。良平の体は緊張した。ばれたのか。……まさか、ばれるはずはない。

沢井先生と、授業を切り上げた元山先生とともに、校長室へと連れて行かれた。校長先生と、黒いスーツ姿の人が二人、待っていた。一人は大学生かと思うような顔立ちの若い男の人で、もうひとりはやけに背の高いおじさんだった。やせていて、顔色が悪く、ぎょろりとした二つの目が良平を余計に緊張させる。

有馬という若いほうの刑事に言われてソファーに腰かける。やせたほうの刑事に告げられて、校長先生と沢井先生、それに元山先生は校長室を出て行った。

「鵜沼良平君。亡くなった石橋翔君について訊きたいんだけど」

有馬刑事が言った。

「……はい」

自分の声が思いのほか震えているのに良平は気づいた。刑事に話を聞かれるなんて想像もしていないことだった。石橋たちとのことを訊かれるだろうか。腹が痛くなってきた。

「《ソレイユ倉庫》に行ったことはあるかな」

「ええと……はい」

答えてしまった。やはり訊かれるだろう。石橋とその手下たちに痛めつけられていたこと。……この刑事たちは、あいつらにも話を聞かないのだろうか。ずっと一緒にいたあいつらのほうが怪しいとは思わないのだろうか。

「石橋君たちと一緒に行ったのかな」

「……ええと……」

口をつぐみ、下を向く。黙っているしかない。ここは、黙っているしかない。すると、九条というやせたほうの刑事が口を開いた。

「【悪魔の力】を知っているか」

「えっ？」

思わず顔を上げてしまった。ぎょろりとした二つの目が、良平をとらえている。そうか、この刑事が、悪魔の言っていた刑事か。

「九条さん」

有馬刑事が注意をしようとするが、九条刑事は良平の顔を見たまま話し続けた。

「殺意を抱いた人間の前に悪魔は現れ、一つだけ、本来人間にはない【悪魔の力】を授（さず）けていく。人間がその力を使って他者を殺したとき、空には邪悪な色をした〝悪魔の星〟が出る。昨日、この板橋の空に〝悪魔の星〟が出た。ちょうど、石橋が死んだ時刻だ」

聞いていない。〝悪魔の星〟なんて。

「貴様が石橋にいじめられていたのは隠しようのない事実だ。貴様には石橋を殺す強い動機がある」

「ちょ、ちょっと待で……」

東北訛りが出てしまった。

「あれを」

九条は有馬に何か指示を出す。有馬はあきらめたように、紙袋から何かを取り出す。良平のトレーナーだった。

「今朝、君が学校へ行ったあとおうちにお邪魔して、お父さんから借りてきたんだ。君が昨日着ていたもので、まだ洗っていないね」

有馬は言った。

「さっき調べたら、普通では考えられない量の砂鉄が含まれていることがわかった」

そういうことか。良平は、言葉も出なかった。大人はすごい。やはり、何でも見破ってしまう。

「一緒に、来てくれるね」

　良平は、観念してうなずいた。

6

　有馬は困っていた。目の前の少年がだんまりを決め込んでいるからだった。

「まあ、とりあえず、食べなよ。冷めちゃうから」

机の上に置かれたかつ丼を勧めるが、鵜沼良平はうつむいたままだ。たまりかねて、有馬は自分の器の蓋を取った。

「大丈夫だよ。あとで君のお父さんからちゃんとお金はもらうから」

　少年はちらりと有馬を見た。

「取り調べ中にこういうのをごちそうするのは利益供与って言ってね、かつ丼と引き換えに供述を引き出したと見なされ、裁判で、全部供述が無効にされることもあるんだ。だから、警察がおごる、っていうのは絶対にないから」

　少年は、また目を伏せる。あまり興味のない様子だった。九条も黙ったまま、少年の姿を見ている。九条は、出前を断っていた。有馬は九条がものを食べるのを見たことはない。

「俺は食べるよ、いいかな」

「……どうぞ」

やっと、小さな声が出た。有馬は割り箸を割り、カツをひと切れ、頰張った。

【強力な磁力を発する力】——九条が昨夜のうちに見破っていた、鵜沼少年が授かった【悪魔の力】はこれだった。

九条が気づくきっかけになったのは、《ソレイユ倉庫》に残されていたガラクタの状態だ。フォークリフトが置いてあった二階の、向かい側の手すりのところに、鉄パイプやネジなどのガラクタが集中していた。のみならず、その真下の一階にも同じようなものが集積していた。これらのガラクタがすべて鉄でできていることに、九条は注目したのだ。ネジやナットといった小さいものまで一か所に集めるのは、子どものいたずらにしても不自然だと思ったらしい。

鉄が一か所に集まるということは、磁力が関係しているのではないか。その者は、フォークリフトの向かい側に立ち、強力な磁力を発したのではないか。倉庫内に残された鉄のたぐいはその磁力に引き寄せられ、一か所に集まった。もしそうなら、鉄の手すりが曲がっていることにもはっきり理由がつく。

九条の確信を強めたのは、講神御霊宗の礼拝堂の時計だ。あの礼拝堂は《ソレイユ倉庫》の二階と壁を隔ててすぐの位置にある。二階のあの位置で強力な磁力が発されたことにより、時計が変な止まり方をしてしまったのだ。昨晩のうちに科学捜査研究所に持ち込んでおいた時計には、強力な磁力がかかっていたことが明らかになっている。

フォークリフトの車体には鉄が使われている。向かい側の手すりから犯人が磁力で引き寄せ、真下の石橋めがけて落下させたのはほぼ間違いない。

担任の元山への聞き込みから、九条は鵜沼良平に狙いをつけた。朝、彼が学校に行った時間を見計らって彼の家に行くと、父親が出てきた。何日も洗っていないようなスエットを身に着け、髪の毛もひげも伸び放題の彼は、良平のことを訊いても何も知らないの一点張りだった。元山が言っていたとおり、原発の賠償金があるために働かず、ごろごろして日々をすごしているようだった。良平が着ていたものを借りたいというと、面倒くさそうに風呂場を探してくれと言った。借りてきた服を科学捜査研究所へ持ち込むと、砂鉄が多く付着していることはすぐに明らかになった。これだけ多くの砂鉄が服に潜り込んでいるというのは通常考えにくく、ものすごい磁力の磁石がこの服の中にあったとしか考えられないと、研究員は言った。

鵜沼少年が【強力な磁力を発する力】を有しているのは間違いない。その力を使ってフォークリフトを動かし、石橋少年の頭上に落としたのだ。有馬は、九条の観察眼にいつもながらに感服した。

小学校から常盤台署に連行した鵜沼少年は、悪魔に会ったことを認めた。そして、九条の言う通り【強力な磁力を発する力】を授かったことも。だが――。

「俺は、石橋のやつを殺してはいねえ」

鵜沼少年はそう言い放った。

彼の証言によれば、悪魔に会ったのは二日前の十月二十三日の夕方、石橋とその手下たちにひどい目に遭わされた後だという。磁力を発する力を授かり、悪魔が消えた直後、本当に自分にそんなことができるのかと彼は倉庫で試した。二階に上がり、フォークリフトが置いてある向かい側の手すり近くに立ち、悪魔に教えられた通り、磁力を発するイメージを思い浮かべながら全身に力をこめた。すぐに、近くの鉄パイプやネジが自分の体に吸い寄せられてくるのがわかった。さらに力を込めると、鉄の手すりが自分のほうに向けて曲がってきた。やがて、フォークリフトが動いてきた。そして、後輪がコンクリートのへりから落ちたところで、鵜沼少年は磁力を止めたのだという。フォークリフトは後輪を落とした状態で、二階にとどまったのだ。

俺は、倉庫で石橋を殺すつもりはなかった、と鵜沼少年は言った。

石橋が自分の言うことをきくとは思えない。フォークリフトの下にじっとさせておくのは不可能だと考えた鵜沼少年は、翌日、つまり十月二十四日の朝、通学途中の石橋を狙うつもりだったのだ。通学路の途中に、建設中のマンションがあり、四階ほどの高さに鉄骨が上げられたことを鵜沼少年は知っていた。道を挟んだ向かい側の古い集合住宅には誰でも立ち入りできる。その集合住宅の四階の外廊下に立ち、下を石橋が通ったときに磁力を発生させて鉄骨を引き寄せ、落とす。そうすれば不幸な事故として処理されるはずだった。

「でも俺、できなかったんだ……」

鵜沼少年は悔(くや)しそうに言った。

「石橋が下を通りかかったとき、体が動かなくなっちまった。ぼんやりしているうちに、あいつは通り過ぎていった」

その日も休み時間に石橋たちに嫌がらせを受けた鵜沼少年は、やっぱり明日の朝こそは実行すると再度決意した。しかし――放課後、彼は《ソレイユ倉庫》でフォークリフトに潰(つぶ)されて死んでしまったのだった。

担任の元山から石橋が死んだと聞かされたとき、鵜沼少年はまさかと思ったらしい。そして、怖くなった。後輪だけが二階からはみ出したフォークリフトが、不安定になっていたのかもしれない。それならば自分が殺したも同じだ。――それきり、少年は口を閉ざしてしまった。

有馬は少年の証言を信じるか、悩んでいた。〝悪魔の星〟が出ている以上、【悪魔の力】が使われたのは間違いない。しかし、鵜沼少年の純朴（じゅんぼく）な証言は、心に訴えかけるものがあった。

時刻はいつしか、十一時半になっていた。閉塞（へいそく）した空気を打開する目的で、少し早めの昼食休憩を有馬が提案し、現在に至っている。

有馬がかつ丼を半分ほど食べ終えるまで、他の二人は微動だにしなかった。息詰まる。

有馬は箸を置き、向かい側の少年をじっと見た。

母親を喪（うしな）い、ひどいいじめを受けた少年。陰鬱な表情が有馬の気分を重くさせる。こんなにじっとしていて疲れないのだろうか。冷たいパイプ椅子の上で。

「……ん？」

有馬の頭に、ひらめきが訪れた。立ち上がり、九条の手を引いて取調室を出た。有馬の行動に九条は少しも驚いた様子は見せなかったが、「どうした」と訊いた。

「彼の証言は本当かもしれません。パイプ椅子、あれも鉄でできています」

九条のまぶたがぴくりと動く。

「フォークリフトが落ちるくらいの磁力です。もし石橋少年が座っていたのだとしても、フォークリフトが動くよりまえにパイプ椅子が引き寄せられてしまっていたに違いありません。でも実際は、パイプ椅子はフォークリフトに潰されていました」

「鵜沼が磁力の実験をした後で、もう一度パイプ椅子をフォークリフトの下に戻した者がいるということか」

　言うと九条は取調室の中へ戻っていく。鵜沼少年を見下ろし、少し黙った。有馬は、彼が少年に何を言うのか、かたずをのんで待った。

「石橋が死んで、どんな気分だ」

　その質問に、鵜沼少年は目を伏せた。

「……もう、いじめられなくてすむ」

　絞り出すような声だった。

「悲しくはないか」

「悲しぐなんかねえ。俺はあいつにさんざんひどい目に遭わされたんだ。虫を食わされたり、裸にされたり、殴られたり。金をとられるのは別にいい。けど、俺の死んだ母ちゃんまで馬鹿にして」

　うつむいたまま、少年は話し続ける。

「石橋は俺を裸にしたり、殴ったりするのを全部、庄野たち手下にやらせるんだ。自分はスマートフォンで動画を撮って、これを公表されたくなかったら金を寄越せというんだ。卑怯なやつだ」

「スマートフォン」

九条は何かに引っかかったようだった。

「ああ、あいつの、紫色のケースのスマートフォンだ。学校に持ってきてはいけねえのに、あいつはこっそり持ってきていた。ずるがしこい奴だから、取り上げられたことはねえはずだ。あのスマートフォンはどこだ。あいつが撮った動画、全部消してほしい」

「有馬。石橋はスマートフォンを持っていたか」

有馬は傍らの机に置いてあった資料を手繰り寄せる。石橋翔の持ち物は、ランドセルの中にあった筆記用具の内容まで細かく記されている。スマートフォンという記述はなかった。

「なぜ、ないんだ」

九条は右手の人差し指を立てると、じっと見つめて考えた。まるで時間が止まってしまったようだった。

7

午前中から降っている雨は午後に入ってさらに強まり、校庭に出ている生徒は一人もいない。有馬は「来校者」と書かれた駐車スペースに車を停めた。九条と共に車を降り、傘を差して、午前中と同じく「来校の方はこちらへ」という案内看板の示す裏へと進む。何も植えられていない花壇の前に、同じく土だけが入ったプランターがならべてある。「××あいかだん」と、雨に濡れた看板の文字はかすれていて、なんとも物寂しげだった。

ちょうど給食が終わった休み時間だった。職員室にいた元山に声をかけ、石橋の取り巻きだった三人を呼んでもらった。場所は午前と同じ、校長室だ。今回は、元山も付き添っている。

「ああ、翔のご自慢のスマートフォンですか」

庄野の口調には、少し見下した感じがこもっていた。石橋の取り巻きだったのが本意ではなかったというのを伝えたいのかもしれないと有馬は感じた。

「知らないですよ。俺たち、触らせてもらえなかったから、なあ」

「ああ」

有田という少年が同意する。

「翔の家にあるんじゃないですか」

石橋少年の自宅にもスマートフォンがないことは、先ほど石橋の両親に確認済みだった。紛失時の捜索サービスでも見つからないので、電源が入っていない可能性があるという。有馬がそれを告げようとすると「あるわけねえよ」と、安河内が否定した。

「親にも触られたくないって言ってたじゃん。命より大事だって言ってたよ。……死んじゃったけど」

「昨日も持っていたか」

九条が問うと、彼らは顔を見合わせてうなずいた。

「俺、見せてもらったもん、あいつの家の喋るインコの動画。……あっ、ごめんなさい先生」

安河内は近くに元山がいることを思い出し、謝った。元山は「いいのよ、刑事さんたちには正直に話しなさいね」と柔らかい表情で言った。

「なあ、そういえば、とっておきの動画があるとか、あいつ、言ってなかったっけ」

有田が何かを思い出すと、庄野が「あ、言ってた」と反応した。

「『これ見せたら、大人たちひっくりかえるぞ』とか」

九条の目が、ぴくりと動いた。

「それはどういう動画だ」

「知らないよ。翔、もったいぶるから」

「そうか、貴様はどうだ」

訊ねられた安河内は黙ったまま首を振る。

九条はそのまま、天井を見上げるようなしぐさで考え始めてしまった。

「あの……、この子たちはもうそろそろよろしいでしょうか」

元山が訊ねる。九条が反応しないので、有馬は苦笑いをしながら、「ええ」と言った。

少年たちは立ち上がると、

「早く体育館にいこうぜ。沢井のロボット、終わっちゃうから」

小走りで校長室を出て行った。友人が死んだというのに、あまり悲しそうではなかった。

「間違いない。犯人の狙いはスマートフォンに残った動画だ」

少年たちが出て行くと、九条は言った。

「それはもう、犯人によって処分されてしまっている可能性もあるでしょうね」

有馬が言うと、九条はまた、考え込んでしまった。なんとなく帰りづらくなったのか、元山も九条の様子をじっと見ている。

「石橋は用心深い性格だったと、鵜沼は言っていたな」

「はい」

有馬はうなずく。

「撮った動画を別の記憶媒体にコピーしているということはありえないだろうか」

「どうでしょう。普通はスマートフォンの中に入れているだけで満足しますけどね」

「重要な動画ならどうだ。文字通り『とっておきの動画』というわけだ」

音もなく、九条は立ち上がる。

「どこへ行くんですか?」

「もう一度、彼らに訊いてみる。体育館に行くと言っていたな」

見下ろされた元山は「え、ああ……」と慌てて立ち上がった。

「ご案内します」

体育館には五十人ほどの児童たちがいた。中心になっているのは白衣を着た四十代の男性教師と、ベニヤ板で作られた亀だった。亀から延びたコードの先にコントローラーが取り付けてあり、白衣の教師がそれを操作するとがちゃんかちゃんと亀が動くのだった。

「なんですか、あれは」

「ロボットです」

元山は答えた。

「近いうちに義務教育でプログラミングが必修になりますよね。それに先立ってロボット製作を授業に取り入れることが推奨されているんです。本当はもっと単純なキットでいいんですけど、沢井先生は工学部出身で、こういうのが得意で……」

「へえ。みんな、ずいぶん楽しそうですね」

「はい。沢井先生にも小学生の息子さんがいるんですけど、休みの日は一緒にロボット作りをしているんですって」

こんな授業が小学生の頃にあったら、自分も夢中になっていただろうと有馬も考え、眺めていた。だが九条のほうは亀ロボットには目もくれず、体育館前方のステージのほうへと進んでいく。そこには生徒が自由に遊べる小型のロボットが多数用意されていた。

「いえーい」

庄野たち三人が遊んでいるのは、ゴリラを象った、二本のアームの付いたロボットで、床に置いた段ボール箱の下にそのアームの先端部分を滑り込ませ、転がして遊んでいる。亀ロボットのようにコード接続ではなく、リモコン操縦が可能なようだ。

「あっ」

九条と有馬の姿を認め、安河内が二人に合図をする。

「やあ、遊んでいるところ、悪いね」

「まだ何か訊きたいことがあるんですか」

石橋が動画を別のメモリ媒体に保存していた可能性はないかと有馬は質問したが、少年たちの反応は薄かった。

「翔は用心深い性格だったから絶対にないとはいえないけど、俺は見たことありません」

庄野はそう言い、有田と安河内の二人も同じような答えだった。その動画が石橋の死の真相を明らかにすることよりも、少年たちはゴリラ型ロボットが動く仕組みのほうに興味があるらしい。昨日まで、同じように遊んでいただろうに。

「貸せ」

突然、九条が庄野に手を出した。ロボットのリモコンのことらしかった。三人の少年や元山はびっくりしていた。

「九条さん、何やってるんですか」

「いいから、貸せ」

庄野はしぶしぶ、九条にマウスほどの大きさのそのリモコンを手渡した。九条はボタンを操作し始めた。ゴリラのアームが、段ボール箱の下に滑り込む。赤いスイッチを押すと、アームが上方向へぐるりと回転し、段ボール箱をひっくり返す。

「もう少しアームの先が長ければ、持ち上げることもできるんだけどな」

有田がつぶやいた。たしかに、今のままでは段ボール箱を転がすだけの装置になってい
る。それにしても九条はこれの何が気になるというのだろうか。まさか、単純に遊びたい
だけでもないだろうに……と、九条はリモコンを持ったまま、すたすたと離れて行った。

十メートルほど行くとこちらを振り返り、リモコンを操作する。ゴリラ型ロボットのアー
ムは同じように動いた。

九条はどこか納得したような雰囲気で戻ってくると、庄野にリモコンを返した。

「もういいの……いいんですか」

九条は庄野には応えず、有馬の顔を見て「行くぞ」と言った。まったくこの人は、小学
生にも態度を変えることがない。

「どこに行くんです？」

九条を追って体育館を出ると、有馬は訊ねた。

「現場の倉庫だ」

「何かわかったんですか」

「とんでもない勘違いをしていた」

＊

倉庫の中には雨音が響いていた。警察の照明は片付けられており、暗かった。白いテープで象られた石橋翔の死体の跡の横に、使い物にならなくなった二脚のパイプ椅子と、フォークリフトが置きっぱなしになっている。九条はフォークリフトの前にしゃがみ込み、リフト部分を観察していた。

「これを二階にあげることはできるか」

九条の発言は、いつも突拍子もない。

「要請すれば重機を持ってきてくれると思いますけど……事件発生時のことを再現するつもりですか。【悪魔の力】を使って落としたんだったら、再現は難しいんじゃないですか」

「【悪魔の力】ではない」

「はい？ どういうことです？」

――九条は、有馬に推理を告げた。有馬は驚いた。

「それじゃあ、犯人は……」

「ああ、証拠はすぐに見つかるだろう」

「しかし、やっぱり石橋翔をフォークリフトの真下にとどめておくのは難しいのではないでしょうか」

「結局、その問題に戻るな」

九条は二階を見上げる。まるで見えないフォークリフトが落ちてくるかのようにゆっくりと目線を下ろしていき、二脚のパイプ椅子で止める、ということを何度も繰り返しはじめた。それはまるで、事件当時のフォークリフトの動きを見ているかのようだった。

「九条さん。実は、初めて現場を見たときから、一つ気になっていることがあるんです」

九条は動きを止め、有馬のほうを見た。

「どうして椅子は二つ潰れたんでしょう。石橋が座っているだけなら、一つでいいはずなのに」

あまりに単純な疑問なので、今まで言い出せずにいたのだった。無視されてもいい疑問だったが、九条は二つの椅子をじっと凝視（ぎょうし）した。たっぷり三分くらいそうしていたあとで、「わかったぞ」とつぶやいた。

「これなら、石橋に疑いを抱かせずに座らせておける」

「どうやるんです」

「急げ」

九条はくるりと身をひるがえし、車のほうへ戻っていく。

「九条さん。実験はいいんですか」

「実験は学校で行う。雨の降っている間でなければ、確かめられない」

相変わらず、九条の考えていることはわからなかった。

8

午後五時をすぎ、職員室には三人しかいない。算数ドリルの丸つけの手を止め、ぬるくなった紅茶を口に含むと、元山奈津子は窓外に目をやった。暗くなった校庭に、雨は降り続いている。まだ、陰鬱(いんうつ)な一日は続く。小学校の教師というのは、授業時間だけが仕事ではない。むしろ放課後に、テストの採点や成績処理、教員日誌の記入など、さまざまな仕事があるのだ。帰宅するのは九時を過ぎることが多い。……でも、こういう疲れのたまる日常もあと少しだ。真面目な銀行員である孝雄(たかお)さんのお給料は、これからも上がっていく見込みがある。専業主婦も悪くない。教師でいる間、担当の生徒を一人死なせてしまったというのは汚点かもしれないけれど、私のせいではないのだから。

それにしても、石橋翔には悩まされた。あの子にもう会わなくていいと思ったら、気分が軽くなる。肩を回し、再びドリルの答え合わせをはじめたそのときだった。

「失礼します」

廊下から、二人の男性が入ってきた。午前中から何度も顔を合わせている、九条と有馬という二人の刑事だ。

「すみません、元山先生、ちょっと」

有馬が手招きするので、他の教員の目を気にしながら廊下に出た。九条がぎょろりとした目で奈津子を見つめている。昨日初めて会ったときからなんとなく苦手な相手だった。

「実はさっき、鵜沼良平君が思い出したそうなんですが」

有馬は声を潜めた。

「石橋翔君はやっぱり、動画をSDカードに保存していたようなんです」

冷や水を浴びせられたようになる。

「ビニール袋に入れて、学校の、『ふれあいかだん』というところのプランターの下に貼り付けたそうなんですが、先生、『ふれあいかだん』というのは」

「ええ、ああ……あの」

いけない、いけない。ここで気をしっかり持たなくては。二人がまず自分に相談してくれたことを幸運と思わなければならない。

「教室のベランダに、チューリップの鉢植えと、プランターを並べてあるんです。あれのことじゃないかしら」

嘘だった。しかし、「ふれあいかだん」という名称をとっさに思い出せなかったと、あとで言い訳すれば済むことだった。

「ご案内したいんですけど、ちょっとこれから打ち合わせで、手が離せないので……」

「大丈夫です。探しますから。六年三組でしたよね」

「はい」

「では、見つかりましたらご報告します」

九条と有馬は中央階段のほうへ去っていく。二人の姿が完全に見えなくなってから、くるりと回れ右をして、来校者出入り口に近い南階段へと走った。幸い、出入り口付近には誰もいない。共用サンダルに足を入れ、ドアを押し開けて足が止まる。

なぜか、傘立ての中に一本も傘がない。通常、置き傘が五本ほどあるはず。そもそも、二人の刑事は傘をどうしたのか。

雨の向こう、五メートルほどの距離に「ふれあいかだん」のプランターが並んでいる。あれのどこかに石橋翔のSDカードが。早くしなければ、「ふれあいかだん」が本当はここだということを聞きつけ、二人の刑事が来てしまう。だけど、次に会ったときに濡れていたら怪しまれるだろう。

――仕方ない。

奈津子はゆっくりと外に出た。多少、足に雨は跳ねるが、いくらあの刑事たちでもそこまでは見ないだろう。プランターの前にしゃがみ込み、レンガで上げられている底に手を滑り込ませる。……これじゃない。次のプランターの前に行き、手を滑り込ませようとした。

「先生」

その声にはっとして振り返る。九条と有馬、それに、鵜沼良平君が立っていた。

間に合わなかった――。九条が風のような速さで飛んできて、奈津子の髪を引っ張った。

「いたいっ」

無理やり立たされる形になった奈津子の耳に、九条の声が入ってくる。

「これだけの土砂降りの中にいるというのに、髪がまったく濡れていないな」

奈津子は、【悪魔の力】を止め忘れていることにようやく気付いた。

9

「【落下してくるものをすり抜けさせる力】。これが、貴様が授かった【悪魔の力】だ」

有馬の目の前で、元山奈津子の髪を摑んだまま、九条は言った。

「……騙したの」

元山は苦痛の表情で、それでも恨めしそうに言った。九条は元山の髪を放す。

「小学校教師の仕事は放課後から忙しく、夜九時から十時にいつも帰宅する。貴様はそう言っていたな。貴様と結婚が決まっている中橋孝雄という銀行員にも、所轄の刑事が会いにいって話を聞いた。案の定、小学校教師の仕事は忙しく、平日は会うことができないので週末に会っていると言っていたそうだ」

「それが、どうしたんですか」

「昨晩、貴様の家に聞き込みに行ったときのこと。貴様は明らかに恋人と思しき相手と話していたが、そのとき貴様は『じゃあ、また明日』と言って電話を切った」

元山の表情が変わった。

「昨日は水曜。翌日は木曜、平日だ。夜まで仕事が忙しい人間が恋人と会うとは考えにくい。私は、貴様が話している相手が同じ学校に勤める人間で、かつ、中橋とは別に交際している相手だと考えた」

この推理を聞かされたとき、「じゃあ、また明日」というわずかな一言だけで九条がここまで見抜いたことに、有馬は驚いた。【悪魔の力】のこと以外にもしっかりとその鋭さは向けられているのだった。

「有馬」

九条の呼びかけに、有馬は鵜沼少年を残して二人に近づき、スポーツ新聞を手渡した。

「貴様の住んでいるワンルームのゴミ捨て場にあったものだ。昨日、貴様の部屋にあったものだな」

「知りません」

「沢井の指紋がついていた。貴様の交際相手は、沢井だったのだな。沢井には家庭がある。そんな沢井との密会の場をもし撮影されたのだとしたら、貴様は教員として責められることになる。当然、中橋の家族に知られれば、結婚の話は白紙に戻る」

「違います」

「どういう動画かはついにわからなかったが、石橋は貴様と沢井が会っているところを撮ったのだろう。そして、貴様をゆすった」

「違いますって！」

元山の興奮は、九条の推理が正しいことを意味していた。【悪魔の力】は止められたのか、彼女はびしょ濡れだった。

「事件前夜の二十三日の夜七時半、石橋翔は何者かに呼び出されて三十分ほど外出していたと父親が証言している。呼び出したのは貴様で、場所は《ソレイユ倉庫》だったのだろう。貴様は動画を消してくれるように頼んだが、石橋はそれを拒否し、翌日の五時に金を持って再び《ソレイユ倉庫》へ来るようにと貴様に言った。石橋が去ったあと、殺意を抱いた貴様の前に、悪魔は現れたのではないか」

もう元山は何も言い返さなかった。九条は、佇んだままじっと話を聞いている鵜沼少年のほうを振り返った。

「その少し前、同じ《ソレイユ倉庫》で悪魔に【強力な磁力を発する力】を授かった彼が実験を行い、フォークリフトは二階から後輪が落ちている不安定な状態にあった。貴様はそれを見て【落下してくるものをすり抜けさせる力】を選択し、石橋の殺害計画を練った」

九条は、一度言葉を切った。

「二十四日、沢井の作ったゴリラ型ロボットを持ち出した貴様は、石橋との約束の時刻より前に《ソレイユ倉庫》へ向かい、不安定になったフォークリフトの先端部にゴリラ型ロボットのアームが滑り込むように設置した。石橋が来ると、フォークリフトが落ちる位置にパイプ椅子を二つ並べ、『金を渡す前に、動画をもう一度見せてほしい』と誘ったのだ。石橋はいぶかしんだだろうが、隣に貴様が座っているのなら危険なことはないだろうとスマートフォンを取り出し、沢井と貴様の密会の動画を再生した。貴様がポケットの中のリモコンを作動させたのはその時だ。フォークリフトは二人をめがけて落ちてきたが、被害を受けたのは当然、【落下してくるものをすり抜けさせる力】を持たない石橋のほうだけだったというわけだ」

九条の話が終わると、雨音だけが残っていた。誰も、何も言わなかった。

「先生」

沈黙を破ったのは鵜沼少年だった。

「先生が、本当に……」

くっくっく、くっくっく。元山は笑っていた。

「うるさいわね！」

暗雲の下、真っ赤な口が耳元まで裂け、目は黄色く、五倍ほどの大きさになっている。

「やってらんないのよ、小学校の教師なんて。子どもに囲まれて慕われて卒業式では涙なんて何にも知らない世間が作り出した、馬鹿でセンチメンタルな虚構だわ。実際は、子どもたちは生意気だし、親たちはわがままだし、不倫した男は関係を切れずにずるずるするばかり。もううんざりなのよ。結婚して、すっぱりこんな生活から抜け出したいの。それなのに……」

顔も両手も黒くなり、醜い長い毛が生えてきている。

「石橋翔。大人をなめて、人生をなめて……あいつこそ、優等生の皮をかぶった悪魔じゃない。いいじゃない、あんなやつ、どうせろくな大人にならないんだから、大人になる前に死んで正解よ！」

魔物と化した女教師は、九条の肩を摑んだ。のこぎりのような牙(きば)が口の中に見える。

「ねえ、あんた、私を逮捕できるの？【悪魔の力】なんて、裁判で何ていうつもり？」

ぐぐっと、黒い手に力が込められる。九条はその手を摑むと、体ごと放り投げた。びたん、と、濡れたアスファルトに元山の体は叩(たた)きつけられた。

「貴様など、裁きに値(あたい)しない」

九条は人差し指を魔物に向ける。

「すり抜けたいならば、落ちるものと言わず、すべてのものをすり抜ければいい」

「は、何を……ぐぅっ、えっ、えっ」

魔物の体は、地面にずぶずぶとめり込んでいく。

「ねえ、やめて、ぐ……っぶぶ」

それはまるで、底なし沼にはまってしまった獣のような姿だった。

「どこまでもすり抜けていけ」

「ぐぶ……鵜沼君、助けて、鵜沼君、うぬまく……」

十秒もしないうちに、元山の体は、地面をすり抜けて見えなくなった。後には、雨が叩きつけるアスファルトが残るだけだった。

いつもながら、恐ろしい解決だった。

有馬は鵜沼少年を振り返る。【悪魔の力】を使って人を殺した者がどうなるか彼にも見せたほうがいいと九条が言うので連れてきたが、刺激が強すぎはしなかっただろうかと心配になった。少年は傘を取り落とし、びしょ濡れになっていた。

「俺のほうが先に力を授かってたのに……昨日の朝、俺が計画通り殺していたら……、先生は石橋を殺さずに済んだんだろうか」

少年は、後悔しているようだった。

「そんなことはないよ。人を殺すのは間違っている」

「でも俺はあいつを殺したかったんだ。だから悪魔が出たんだろう」

「違うよ」

「せっかく、力を授かって、強くなったのに」

「貴様」

いつの間にか近づいてきていた九条が、鵜沼少年を見下ろしていた。

「昨日の朝、石橋を鉄骨で殺そうとしていたときのことだ。『ぼんやりしているうちに石橋は通り過ぎた』と言ったな」

「うん」

「本当は、何を考えていたんだ」

九条を見上げる鵜沼少年の顔に、雨が降り注ぎ続けている。

「……母ちゃんが、病院で言ってた言葉だ」

「それは」

「どんなにつらいことがあっても逃げちゃいけない。立ち向かわなくてもいいから耐えるんだ。そうすれば、いつかいいことがある。……俺が今、鉄骨を落として石橋のやつを殺すのは、逃げることになるんじゃないかって思って。そうしたら、体が動かなかった」

足元を見て、唇(くちびる)をかみしめる鵜沼少年。九条はその坊主頭をしばらく見つめた後、口を開いた。

「覚えておけ。それが、強さだ」

少年は、顔を上げた。九条はすでにくるりと身をひるがえし、車へ向かって歩きはじめていた。

第四話　わかれる者、遠きにありて

1

「有馬さん、何かついてますよ」

赤坂署の大木という刑事が、有馬の肩に手を伸ばし、何かをつまんだ。水色の紙切れだが、ハサミで恐竜の形に切り抜かれている。

「なんだ、それ」

「さっきのくす玉の紙吹雪ですよ」

あははと大木は笑った。有馬は三十分ほど前に割られたくす玉を思い出す。「祝・五十万部突破」と書かれた垂れ幕と共に、紙吹雪が舞った。絵本の内容に因み、恐竜やロボット、幻獣などの形をした特注の紙吹雪だと司会者は言っていた。

「貼りつきやすいものなんでしょうね。あの人にもついてる」

大木が指さす先を見ると、料理を取っている女性の肩口に、赤い紙片が貼りついていた。

赤坂の高級ホテルのパーティールーム。壁際には料理の大皿が載ったテーブルがずらりと並び、会場中央の台の上にはなぜか、白く大きなユニコーンのオブジェがある。招待客はゆうに五百人はいるだろう。フォーマルな格好で参加するのが常識かと有馬は思っていたが、男女共に半分ほどはカジュアルな服装だ。出版業界とは服装には自由な世界なのかもしれない。

有馬の上司である九条は、今日は別の現場にいる。本来なら同じく警備をしているはずが、午後に〝悪魔の星〟の現れる事件が、江東区で起こっていたのだった。有馬も先ほどまでその現場にいたが、途中で抜け、前々から約束しているこちらのパーティーに参加し、怪しい者がいないか目を光らせている。

「皆さま、ご歓談のところ申し訳ありませんが、ステージにご注目ください」

司会者がアナウンスした。有馬はちらりと腕時計を見る。七時十五分を指していた。

「今夜のために用意された、特注の『まぼろしせんたくき』でございます！」

緞帳が上がる。パーティー客一同は、そこに現れたものを見てどよめいた。ドラム式洗濯機――ただ、とてつもなく大きい。業務用冷蔵庫、いや、一軒のプレハブ小屋くらいはあるだろうか。いくら出版記念のパーティーだからと言って、あんな酔狂なものを作っていったいどうするつもりなのだろう。

「ひゃあ、すごいですねえ」

大木が目を丸くする。年齢は有馬の一つ下だそうで、人懐こい性格なので、初対面だがすっかり打ち解けていた。

「儲かるんですねえ、絵本って」

「この作品は特別だと言ってたぞ」

有馬はそばのテーブルに積んである絵本を一冊取った。『まぼろしせんたくき』というタイトルの下に、目鼻の付いた全自動洗濯機がユニコーンやグリフィンをぐるぐると回しているイラストが描かれている。

「これはいったいどういう内容の……はい？」

話の途中で大木はイヤホンに手をやった。

「外ですか。わかりました。……有馬さん、ちょっと上司が呼んでいますので、出てきます」

有馬がうなずくと、彼はすぐ背後の扉を開いて廊下に出て行く。その灰色のスーツの襟に、水色の紙片がついていた。自分のことは見えていないのかと苦笑しながら、絵本をテーブルに戻すと、ステージのほうで司会者が声を張り上げた。

「今夜は社長自ら、何かを披露してくださるそうです。それではお呼びしましょう、《ピースフル・ドラゴン》代表取締役、秋部豊正！」

音楽が流れ、ステージの奥のカーテンが開き、セーター姿のなで肩の男が出てきた。有馬の小中学校の同級生、秋部豊正だった。その姿を見て、「社長ー」「秋部社長ー」と声援が飛んだ。

「秋部社長、今日は何をなさるおつもりですか？」

司会がおどけて訊ねた。

「今から私が、この『まぼろしせんたくき』の中に入り、幻の世界に行って来ます」

会場から笑いが漏れる。

「それは、絵本の中の幻の世界ですね？」

「はい。ちゃんと幻の世界に行ってきたことが証明できるように、手枷と足枷を装着します」

舞台袖から二人のアシスタントが登場する。まるで中世ヨーロッパで拷問に使用されていたかのような、板に二つの丸い穴があけられた手枷足枷を持っていた。あれよあれよという間に、秋部の手足にそれが嵌められ、錠がかけられ、秋部は自ら動けない状態になった。

そういえばこういうマジックの番組が昔から好きなやつだったなと、有馬が思い出しているうち、ステージ上ではアシスタントの一人が『まぼろしせんたくき』の丸い扉を開けていた。二人に抱えられ、秋部の体は洗濯槽の中へと入れられる。

「それじゃ、行ってきます」

秋部が言うと、アシスタントが扉を閉めた。司会者が客席のほうを向いた。

「それではみなさん、ご唱和(しょうわ)ください、まぼろしー……」

だいかいてーん！　客は勝手知ったるように言葉を発した。同時に照明が赤、青、黄色と点滅し、洗濯槽が回るのがわかった。中に、水が噴(ふ)き出していくのがガラス越しに見える。水流と、目まぐるしい照明のせいで、秋部の姿はもうまったく確認できなかった。

2

秋部豊正からの連絡を有馬が受けたのはちょうど一週間前、十一月二十六日月曜日のことだった。どこで聞きつけたのか、有馬の携帯電話に連絡してきたのである。

〈久しぶりだなあ、有馬。どれくらい会ってないっけね〉

飄々(ひょうひょう)とした声は昔と変わらなかった。

「中学の同窓会以来だろう。十年くらいじゃないか」

〈十年かあ、長いね。とはいっても、最近はもう、時間の感覚がなくってね〉

ははは と笑う彼に、「忙しそうだな」と有馬は言った。

「ずいぶん活躍しているらしいじゃないか、テレビで見たよ」

〈あれ、見たんだ。恥ずかしいな〉

新宿東署の刑事課に所属していた四か月ほど前、有馬はとある犯人を追いかけている間に足を負傷し、入院生活を余儀なくされた。その病室でテレビを見ていて、「あっ」と思わず声を上げたのである。密着ドキュメンタリー番組に「絵本業界に新風を巻き起こす旗手」として登場したのが、秋部だったのだ。有馬の知らないうちに秋部は《ピースフル・ドラゴン》というウェブ会社を立ち上げていたらしい。様々なコンテンツを世に提供しているが、その中でも一番話題になっているのが、SNS型絵本製作サイト《ドリュム・アンデルセン》である。イラスト志望ユーザーである「ペインター」と、文章志望ユーザーである「ライター」の出会いを提供するという新しいシステムが受けているということだった。


ペインターは自ら描いたイラストを、ライターは文章を、それぞれの会員ページにアップする。お互いのページを見て、「この人に絵を描いてほしい」と感じたライターがペインターにコンタクトを取ることもあるし、その逆もある。合意に至ったペインターとライターはウェブ絵本を共作し、「ステージ」と呼ばれるページにアップする。作品は当然、世界中に公開されるため、出版社の目に留まれば実際に書籍化されることもある。

警察という武骨な職場で働いている有馬は絵本などにはまったく興味がないが、それでも秋部が考えたというこのシステムには感心したものだった。秋部は昔から、魔法使いやドラゴンの出てくるファンタジーの本が大好きだった。それを、こういう形で仕事にできるのはかなりの才能があったのだろうと、誇らしくすら思った。

〈僕の会社のことを知っているなら話が早いや〉

電話の向こうから、少年のような笑顔が見えるようだった。

〈実はうちのサイトから書籍化された絵本が五十万部を超えてね、『まぼろしせんたくき』っていうんだけど、知ってる?〉

「すまない。それは知らない」

〈絵本で五十万部っていうのはすごいことなんだ。で、十二月三日、つまり、ちょうど一週間後の月曜日にパーティーを開くことにしたんだけど、有馬も来てくれないかなと思ってさ〉

「俺が行っていいのか?」

〈パーティーには人数が多いほうがいいからね……〉

何かをごまかすような、据わりの悪い沈黙があった。有馬が警察に勤めていることは、秋部も知っている。

「何か、あったのか」

〈ああ……、さすが、勘がいいね〉

　秋部は答えた。

〈実は最近、脅迫を受けているんだ。会社で使っている俺のメールアドレスに、フリーのアドレスから「殺してやる」だの「地獄へ突き落としてやる」だのメールが送られてくるんだ。いたずらかと思ったんだが、最近、社のエントランスに鳩の死体が投げ込まれてね〉

「それは気味が悪いな」

〈昨日来たメールに、鳩の死体は自分がやったものだという犯行声明があった。同じメールに、パーティーで死者が出るから気をつけろとまで書いてあったんだ。……いろいろ考えたんだけれど、そんなことをしてくるような人に心当たりはないんだ〉

「成功した人間を妬ましく思うやつは多い。しかし、俺は協力できそうにないな。実は最近、刑事課から外されてしまった。そもそも俺は所轄の人間だが、そのパーティーは新宿で開くつもりか？」

　有馬は今、特任として管轄の関係ない仕事をしているが、それは伏せておいた。

〈いや、赤坂のホテル・オービルパレスさ〉

「じゃあなおさらだ。俺には協力できない」

〈赤坂の警察署には正式に届け出ていて、パーティーの警備もしてもらうつもりなんだ。でもそれとは別に、個人的な友人として、君にも参加してもらいたい。そして、おかしな人間がいたら報告してもらいたいんだ〉

どうもおかしい。なぜこんなに食い下がるのか。有馬の疑問を察したように、秋部は次の言葉を継いだ。

〈【悪魔のトリック】、って知ってるかい？〉

有馬は鳥肌が立った。

「秋部、なぜそれを？」

〈送られてくる脅迫メールの中に、その言葉があるんだ。人を殺したいと強く願った者の前に悪魔が現れ、一つだけ人知を超えた力を授(さず)けていく。授かった者はそれを使い、決して他人にわからないような完全犯罪ができるのだ……ってね。なあ有馬、『死黒蝿(しこくばえ)の書』のこと、覚えていないか？〉

その瞬間、有馬の頭の中に、一冊の、革製の古びた表紙の本が浮かんできた。……今までも何度もその本のことが頭をよぎってはいたが、意図的に思い出そうとはしていなかったのだった。だが今、秋部豊正の口からはっきりとその書名が出たことにより、まるで目の前に突き付けられたかのように、その本は実体となって出てきたのだった。

「秋部、あの日のこと、誰かに話したのか？」

〈いいや。僕のほかに知っているのは有馬、君だけだよ〉

その後の有馬の沈黙に、秋部は何かを感じ取ったようだった。

〈どうかしたのか、有馬〉

「実は、最近移った部署というのが、『マルディー案件』という変わった事件を専門に扱うところなんだ」

〈マルディー？〉

「ディーはＤｅｖｉｌのＤ、つまり……【悪魔のトリック】が関わる事件だよ」

有馬は秋部にすべてを話した。――今の境遇、今までの事件、そしてあの、風変わりな上司のことまで。

３

午後十時を過ぎ、ホテル・オービルパレスのバーは、薄暗い明かりの底に沈んでいた。

四人がけのテーブルに大木刑事と向かい合い、ホチキスで止められたコピー用紙に目を通している。ここ数か月、秋部に送られてきたメールをプリントしたものだった。

パーティーは、何の異常もなく終わった。秋部自身は同じホテルの別の会場で開かれる二次会に顔を出さなければならず、バーで待っていてくれと告げられたのだった。

「暑くないのか?」

有馬は大木に訊ねる。室内だというのにコートを羽織り、襟を立てているのだった。コートのポケットには、四角い形が浮き出ていた。

「このバー、ちょっと寒くないですか?」

「普通だよ。それになんだお前、そのポケットの中の四角いの。手帳か?」

「ええ、まあ」

「刑事がそんなでかい手帳を持ち歩くなよ。メモできれば十分だ」

へへ、すいませんと大木はごまかし笑いをした。

「そんなことより有馬さん。気味の悪いメールですねえ」

メールの送り主は自らを「黒い蠅の主」と名乗っていた。秋部の言っていたとおり、「殺す」「地獄へ突き落とす」というような不穏な言葉で埋め尽くされている。そして――一週間前の日付で送られてきたものにはたしかに【悪魔のトリック】についての言及があった。

「黒い蠅の主」は、悪魔に会い、自らも人知を超えた力を授かったと秋部に伝えていた。その力を使い、今日、パーティーの席で秋部を殺害すると予告していた。明らかに殺意が現れた文面であり、これを受けて管内にこのホテルがある赤坂署の刑事課から警備の人員が出されたのだ。

「誰がこんなことを」

大木に聞かせるでもなく言うと、有馬はソファーにもたれて天井を見上げた。シャンデリアが光を淡く放っている。「黒い蠅の主」とは何者か。秋部と有馬が抱える〝秘密〟にどう関わっているのか。

「やあ、遅くなってすまない」

シャンデリアから前方に顔を戻すと、秋部が立っていた。赤いシャツにジャケットという、バーの他の客に比べてだいぶカジュアルないでたちだ。

「大木さんだっけ？　上で他の刑事さんが呼んでいたけど？」

「ああ、そうですか。では、失礼します」

有馬に頭を下げ、大木は去っていく。秋部は有馬の正面のソファーに腰を下ろし、やってきたウェイターにビールを頼んだ。

「有馬、君もどうだい？」

「いや、やめておこう」

ウェイターは頭を下げ、去っていく。

「二次会はよかったのか？」

「ああ。うちのサイトのユーザーと、出版社の人間たちの交流会のようなものでね、本来僕はいてもいなくても一緒なんだ。それより、読んでくれたか？」

「気味の悪いメールだ。送り主に心当たりはないんだな」

「まったく。といっても、ここ数年、いろんなところに名刺を配りまくったからね。誰から送られてきてもおかしくない状態さ。ただ気になるのが」

「【悪魔のトリック】、だな」

秋部はうなずいた。ウェイターがビールを運んできた。

「やっと落ち着いて飲める」

秋部はわざとおどけたように言って、ビールを一口飲む。グラスが置かれたタイミングで、有馬は切り出した。

「なあ秋部。お前が言っていた『死黒蠅の書』のことなんだけど……、俺、実はあまりよく覚えていないんだ。何かとても恐ろしいことが起こったような記憶はあるんだが。あの本は、お前が持ってきたんだよな」

「そうだよ。僕の両親は共働きで、小さいころから夕方までは知り合いの古本屋のおじさんの家で本を読んで過ごしていたんだ。中学に上がってからもおじさんの店にはちょくちょく通っていたんだけど、中一だった頃のあの日、書棚の中にあの本があるのを見つけたのさ」

そうだそうだと、有馬は記憶の欠如を補填しながらうなずいた。秋部はそのあとも、ビールを飲みながら、あの日の話を続けた。

——本を見つけ出した秋部は放課後、有馬を誘った。場所はいつも遊び場として使っていた廃工場の中だった。秋部はカバンから古本屋で見つけた、表紙の黒い古い本とろうそくを取り出した。付箋を貼ってあったページを開くと、円に囲まれた星のような図に、奇妙な記号がちりばめられていた。その脇に、ミミズが這ったような文字が羅列されていた。秋部はなぜかその文字の意味するところがわかるようだった。有馬を促し、共にろうそくに火をつけ、開いたままの本の周りに並べた。文字に書かれていた呪文のようなものをつぶやくうちに、工場の外は暗くなっていき、強風がシャッターを揺らし始めた。やがて二人のあいだを冷たい風が抜け、ろうそくの火がすべて消えると同時に、けたたましい笑い声が響いてきた。

「——本の上に、あいつが乗っていたんだ」

有馬は口を挟んだ。秋部の話を聞いているうち、その黒い影のことを思い出したのだ。はじめ、顔は見えなかったが、黄色い目と耳まで裂けた赤い口が見え、恐怖が体を駆け抜けていった。

「不思議だ。今、お前の話を聞くまでまったく忘れていた」

秋部はビールグラスを置き、有馬の顔を覗き込んでくる。

「じゃあ、そのあとそれが何を言ったかも覚えていない？」

「覚えていない」

「『やっと解放されたわ。これで思う存分暴れられる』って」

「暴れられる……」

「とたんに工場の中に竜巻が起こり、本もろうそくもそいつとともに天井に舞い上がっていった。気づくと僕と有馬は工場の床に倒れていたんだ」

そこからはおぼろげながら覚えていた。二人は顔を見合わせ、言葉少なに立ち上がった。それまでの現象を口に出すのはためらわれ、秋部とそこで別れて帰宅したはずだ。その後、学校でもあの日のことは秋部と話すこともなく、卒業後は別々の高校に進んで疎遠になった。有馬の中であの日のことはずっと消えていたのだ。

「……有馬の今の上司は、悪魔について詳しいってことだったけど」

グラスの底に残り少なくなったビールを眺めながら秋部は訊ねた。

「そうなんだ」

「僕たちがやった『儀式』と悪魔の関わりについて、何か聞いていないのか？」

「全然教えてくれない」

有馬は九条に初めて会ったときに、秋部の名を九条の口から聞いている。だが秋部のほうは九条を知らないという。いったいどうやって秋部が悪魔に関わっていることを知ったのか、九条は有馬に何も語ってくれないのだった。

「そもそも寡黙で、あまり話しやすい人じゃない」

残念そうな顔をするかと思いきや、秋部は「あんまり羨ましくない上司だね」と笑い、ビールを飲みほした。

「今日もここに来るはずが、別の現場にかかりきりになってしまった。あまり力になれずにすまない、秋部」

「とんでもない。パーティーはつつがなく終わったわけだし、二次会も何もなければそれでいいんだ。あのメール自体がやっぱりいたずらだったって可能性もあるだろう」

その明るい態度に、有馬は安心した。

「ありがとう。……そういえば秋部、まだおめでとうと言っていなかったな」

「同級生の成功は嬉しいもんだよ。柄にもなく、『まぼろしせんたくき』も読んだ。俺なんかが読んでも売れるのがわかる気がしたよ」

「ああ。あれを作った二人はうちのサイト出身者の中ではトップの有望株さ。これからもっと頑張ってもらわなきゃね」

秋部の嬉しそうな顔を見て、有馬の中に、ある疑問が浮かんだ。

「なあ秋部。今日の洗濯機のイリュージョン。あれ、どういうタネがあるんだ？」

「やめてくれよ」

パーティーのさなか、秋部を入れた洗濯機は、水と泡を内部に放出させながら洗濯槽を回転させた。秋部の姿が確認できなくなってから三十秒は回っただろうか。ふいに照明が戻り、音楽が消えた。洗濯槽の中からは水が引いていった。中には何も確認できなかった。司会者の合図とともにアシスタントが扉を開くと、中には誰もいない。アシスタントが引っ張り出したのは、施錠が解かれた手枷と足枷と鎖だった。——と、会場全体の照明が落ち、闇の中、客たちのどよめきが起こった。次の瞬間、スポットライトが会場の中央のユニコーンのオブジェを照らし出した。そこには、白いタキシードを着た秋部がまたがり、にこにこ笑いながら手を振っていたのだ。会場には拍手の渦が巻き起こったが、有馬はタネが気になってしかたがなかった。

「やっぱり、洗濯槽の中に穴があるのか」

「想像にお任せするよ」

「ユニコーンにまたがっていたお前は全く濡れていなかった。水をかぶったはずなのに、なぜ」

　ふふ、と秋部は笑った。

「そこだけは教えるよ。あれは透明なビーズさ。回転と照明で水に見せていただけでね」

「そうだったのか。でも、手枷と足枷はどう外したんだ？　ポケットの中に鍵を忍ばせていたのだとしても、あの板状の手枷足枷じゃ、鍵穴に差し込めない。いったい、どうやって」

「はっはは、それは秘密だよ。マジシャンはタネを明かさない。どうしてもというなら、二百万円もらおうか」

「金をとろうというのか？」

「僕だって、五百万円出してプロから買ったタネなんだ。六十パーセントオフとはずいぶんなディスカウントだと思うけど？」

　そういえば、こういう冗談の得意な男だった。タネは知りたかったが、昔のように笑いあえただけで満足したような気持ちだった。

「代表、こちらでしたか」

そのとき、スーツ姿の若い女性が近づいてきた。

「すまない吉野。もう疲れたから会場には戻りたくないんだ」

「いえ、そうじゃないんです」

秋部の秘書か何かだろうが、どこかただならぬ雰囲気だった。秘書はかがんで、秋部の耳に青ざめた顔を近づけた。

「鶴見さんが、亡くなりました」

声を潜めたつもりだろうが、有馬の耳にも届いた。えっ、と秋部は彼女のほうを見る。

「いつ?」

「今夜です。先ほど、警察から社のほうに連絡があったのだとか」

「今夜って……。彼女、今、釧路だよね」

「はい。釧路のマンションのベランダから転落したと」

「自殺っていうこと?」

「それが、後頭部に転落とは無関係の打撲のような痕があり、警察では自殺か他殺か決めかねているそうです」

秋部は有馬のほうへ顔を向けた。

「悪い、有馬。ちょっと、社に戻って状況を聞かないと」

「待て。死んだその人は、お前の部下か？」

「一緒に会社を立ち上げた、共同経営者だよ」

「『黒い蠅の主』にやられた可能性もあるだろう」

「まさか」

「俺も行く」有馬は立ち上がった。

吉野という秘書に会計を任せ、秋部はバーを出ていく。有馬は自分の車で行こうと秋部を駐車場に先導した。広いロビーの、ソファーに座って談笑する人たちのあいだを抜け、玄関を目指す。

「ん？」

有馬は足を止めた。まさか、と思ってそちらのほうに目をやる。

間違いなかった。十メートルほど離れたソファー席に、黒いスーツと白いネクタイを身に着けた、見慣れた長身痩軀(そうく)の男が腰かけている。長い脚を組み、膝(ひざ)の上に組んだ手を置いた状態で眠るように目を閉じているのは、九条一彦(かずひこ)だった。

「九条さん？」

近づいて声をかけるが、反応がない。秋部が不思議そうに近づいてくる。

「九条さん、九条さん」

肩をゆすぶると、九条はぱっと目を開けた。

「来てたなら、携帯に連絡をくださいよ。亀戸(かめいど)のほうはカタがつきましたか」

「釧路だ」

「はい？」

「亀戸の事件を捜査中、はるか北の空に〝悪魔の星〟が出た。しばらく眠ってみると、釧路であることがわかった。向こうの警察署に連絡を入れて訊いた。午後七時十五分ごろ、女性が一人、マンションから転落して死んだそうだ」

まさか――と、有馬は秋部を振り返る。彼は青ざめて、立ち尽くしていた。

4

「鶴見久子(ひさこ)と知り合ったのは、大学のゼミでのことだった」

有馬が運転する警察車両の後部座席で、秋部は口を開いた。助手席には九条が座り、フロントガラスの向こうの車の列を眺めている。道は多少混んでいるが、新宿三丁目にある《ピースフル・ドラゴン》の本社までは二、三十分で到着するだろう。

「文学部で、古典を研究する教授のゼミだったんだけど、僕たちは二人ともネット上のビジネスに興味があってね、なんでこんなゼミにいるんだとお互い笑い合ったものだよ」

「付き合っていたのか？」

有馬の質問を秋部は「いや」と否定した。

「あくまで、ビジネスパートナーにふさわしい相手だったっていうことさ。卒業後は別々の企業に就職したが、お互い一年で嫌になり、二人して会社を辞めて《ピースフル・ドラゴン》を立ち上げたんだ」

「ずいぶん、思い切ったんだな」

「ああ、今振り返ってもそう思うよ」

「テレビで見たけれど、初めは絵本をやっていなかったんだよな」

「ああ。都心からいける日帰り旅行とか、小規模な一泊旅行の紹介がメイン事業だった。小さな車で関東近郊の小さな民宿やペンションを回って、サイトに載せる代わりに紹介料をもらうというようなことをやっていたんだ。一人旅、女子旅、老夫婦の旅……そういう、静かに過ごしたいタイプの旅行客をターゲットにしていたんだけど、やっぱり大手には勝てなくて、全然うまくいかなかったよ」

有馬が入院中に見たドキュメンタリーでも、そのようなことを言っていた。

「そんなとき、絵本はどうだって鶴見が提案してきたんだ。前々から彼女は自分の絵本を出したいという願望があったけれど、話が思いつかなかった。絵を描きたいという人と、絵本の文を書きたいという人が出会える広場のようなSNSがあったらいいんじゃないかというアイデアにつながったんだね」

「それが、《ドリュム・アンデルセン》の始まりだったというわけだな」

「うん。人も雇って、各出版社への売り込みもして、二人ともずいぶん頑張ったよ。でも頑張りすぎたのか、鶴見は突然、倒れてしまったんだ。心労が原因だろうと医者からは言われ、しばらく東京を離れて療養することを勧められた」

「釧路には実家があるのか？」

「いや、鶴見の実家は名古屋だったはずだ。彼女には以前から、北海道に住みたいという願望があってね。いい機会だと僕が勧めて、半年前から釧路に借りたマンションに住んでいた。一応、在宅でできるウェブサイト上の仕事をいくつかやってもらっていたんだ」

「向こうに行ったことは？」

「ない。そのうち会いに行こうと思っていたんだが、忙しくてね……」

重苦しい沈黙。車は渋滞にはまり、なかなか動き出さない。

「遠いな」

九条がぽつりと言った。釧路のことを言っているのかと思ったら、違うようだった。

「新宿にもパーティーを開くことのできるホテルはあるはずだ。なぜわざわざ赤坂のホテルで開いた？」

意味のある質問だろうかと、有馬はいぶかしんだ。

「ホテル・オービルパレスでは、大手の出版社のパーティーがよく開かれるんです」

秋部は律儀に答える。

「憧れがありましてね。いつか開きたいと思っていたんです」

九条は釈然としなさそうに「そうか」と言ったきり、少し黙っていたが、

「貴様、【悪魔のトリック】を知っているのだろう」

突然切り出した。秋部は、九条のぞんざいな態度と「貴様」という呼び方に戸惑っている様子だった。

「九条さん。それなんですが、私も思い出したことがあるんです」

秋部より先に、有馬は答えた。

「中学生の頃、秋部と二人で近所の廃工場の中で呪文を唱え、悪魔を召喚したんです。いったい、なんであのことを忘れていたのか……」

「有馬、貴様には訊いていない」

九条は何の感情も込めずに言うと、バックミラー越しに秋部を見た。

「召喚した悪魔に、貴様は力を授かったか？」

秋部はその威圧的な態度に、「あ、え……」と戸惑っていたが、愛想笑いを浮かべながら返した。

「いえ。殺したい相手なんて、そうそういませんから。それより九条さん、あなたはなぜ悪魔のことを……」

「その後、悪魔は貴様の前に現れていないというんだな」

質問は一切受け付けない構えだった。

「ええ」

秋部もすぐにあきらめた。九条は続ける。

「今夜、釧路に〝悪魔の星〟が出た。【悪魔の力】を持つ者が貴様の共同経営者を殺したのは明白だ。【悪魔の力】を授かった者について、心当たりはないか？」

どことなく責めているような九条の問いに、秋部は「いえ」とだけ返答し、黙ってしまった。

5

《ピースフル・ドラゴン》は新宿三丁目のビルの一階から三階までを占めていた。《ドリユム・アンデルセン》の他にいくつか行っている仕事に対応するため、パーティーが開かれている今日も社員が二人、残っていた。その二人に事情を聞いたが、すでに九条が得ている情報以上のものは得られなかった。

遺体の引き取りや葬儀のことなどについて社員だけで話し合いたいという秋部の頼みを聞き入れ、九条と有馬は一階の応接室で待つことになった。

北欧調の家具で統一された、女性的な応接室だった。曲線的な棚には数冊の絵本とタブレットが、インテリアのように並んでいる。楕円形のガラステーブルに向かうオレンジ色のソファーに九条は深く沈みこんでいた。有馬はおそるおそる訊ねた。

「九条さん、秋部が犯人だと疑っていますか?」

「確信はしていない。だがもし彼が、鶴見久子に対して殺意を抱いたならば、彼の前に悪魔が現れるのは自明だ」

悪魔を呼び出した本人なのだから、ということだろう。有馬は責任を負わされているような気がした。

「でも、あいつには無理ですよ。鶴見久子が転落死した七時十五分前後、秋部はパーティー会場にいました。参加者の全員が見ています。ステージ上で、マジックを披露していたんです」

秋部のマジックについて説明すると、九条は有馬のほうへ顔を向けた。

「どういうタネなんだ」

「それは教えてもらえませんでした。ですがどうやったって、秋部に彼女を殺せたわけはないと思います」

「【瞬間移動する力】ならどうだ」

九条の言葉に、有馬は背筋が寒くなった。

「秋部はマジック中に釧路のマンションに瞬間移動し、鶴見をベランダから落としてから再び会場の馬のオブジェの上に現れたと、そう言うんですか?」

九条は何も答えないが、それが肯定であることを有馬は知っていた。

「おかしいですよ。秋部は釧路には行ったことがないと言っていました。行ったことのない場所に瞬間移動なんて」

「会ったことのある人間の気配を感じ取って瞬間移動する力とも考えられる。パーティーの会場には知り合いがたくさんいるだろうから帰還もたやすい」

ありえない……しかし、この男と出会ってから、有馬はありえない事件ばかり目の当たりにしてきている。九条はそれ以上何も言わず、自説にすら納得のいかないような顔をして黙り込んでしまった。何も話しかけるなと言われているかのようだった。

長く、居心地の悪い沈黙だった。社員たちの話し合いはまだ続くだろうか。有馬は話を変えることにした。

「九条さん。聞きそびれていましたが、亀戸の事件はどうなったんです?」

九条は微動だにしない。

「犯人はすぐに見つかりそうだと言ってたじゃないですか」

＊

通報があったのは午後三時二十分のことだ。現場は古い雀荘だった。亡くなったのは神崎八郎、六十二歳、独身。雀荘のオーナーであり、二階の居室で一人暮らしをしていた。神崎は今日、午前から店で常連客の応対をしていたが、午後一時半にアルバイトの中年女性がやってくると、いつもどおり昼寝をするから三時になったら起こしてくれと言い残して二階の居室へ上がった。女性は言われた通りに三時になって起こしに行き、ベッドの上で事切れている神崎を発見したのである。

死因は頸部圧迫による窒息死。遺体の首には手の跡のあざがくっきり残っていたが、指紋は発見されなかった。現場の六畳間に入る出入り口は階段に面したドアか、外に面した窓しかない。階段の下はドアを挟んで店に直結しており、神崎が昼寝のために部屋に引き上げたあとは誰も上っていないと、従業員も常連客も口をそろえて証言した。窓の鍵は開けられていた。その外は建物に囲まれた公営の駐輪場になっており、道を挟んだ向こうには花屋がある。花屋の店主は午後一時からずっと店先におり、もし雀荘の壁を誰かがよじ登ったのなら、珍しがって目を離さなかったはずだ、と言った。駐輪場には一本の木が生えており、店主のいる位置から雀荘の壁の一部は遮られているが、人間がよじ登れるほどの幅の死角ではない。

犯人の持つ【悪魔の力】について、九条がまず言い出した仮説は【透明になる力】だった。しかし、店と階段のあいだのドアは、たとえ透明になっても開けるときに誰かに気づかれる恐れがある。窓のほうも開くときに花屋に気づかれる恐れがあるため、違うだろうと自ら否定した。続いて【気配を消す力】というのを九条は言い出した。気配を消したゆえ、店の常連客たち、あるいは花屋、ひいては被害者の神崎にすら気づかれなかったのではないかと。

　そうこうしているうちに所轄署の面々が、神崎について調べてきた。神崎は亀戸では古い雀荘の店主に過ぎないが、新宿や池袋（いけぶくろ）では法外なレートの賭（か）け麻雀（マージャン）を取り仕切る胴元として通っていることが明らかになった。彼に金を巻き上げられて借金を抱えている者も何人かおり、関係者への聞き込みから数人のリストが作られた。

　一人一人アリバイを確認していけばいずれはトリックもおのずとわかるだろうと九条は言い、有馬には約束通りホテル・オービルパレスに行くようにと命じたのだった。


「神崎に借金をしている者が、予想外に多かった」

　オレンジ色のソファーに腰かけた九条は表情を変えず、言った。

「初めの聴取相手から十人の名が挙がった。彼らに聞き込みを続けるうち、どんどん新しい容疑者候補が現れた。ごろつき連中ばかりかと思いきや、区役所の職員や教師、はては警察官まで。賭け麻雀をしていることが世に知られたらまずい連中からはむしろ搾（しぼ）り取りやすかったのかもしれない。神崎という男は、よほど多くの人間から恨（うら）みを買っていたようだ」

「そうでしたか……」

「それから、捜査を進めているうち、現場の部屋の天井裏でおかしなものが見つかった。監視カメラだ」

「それは、盗撮ということですか？」

「アルバイトの中年女性によれば、一週間前に、消防署からの防災設備チェックという名目で、マスクを着けた作業着姿の男がやってきて、神崎の部屋にも入ったそうだ。おそらくそのときに設置されたのだろう」

「神崎の秘密を見るために誰かが仕掛けたのでしょうか。映像はどこかへ送られていたのですか？」

「そのようだ。だがそれを受信する端末の位置も不明だ。神崎を殺した後、海か川へ捨てたのかもしれない」

それでは見つけるのはほぼ絶望的だろう。まるで捜査は暗礁に乗り上げてしまったというわけだった。それにしても、神崎の何を盗撮したかったのだろう。有馬はいつしか、鶴見の事件よりも神崎の事件のほうで悩み始めていた。

そのとき、ドアがノックされた。

「失礼します」

入ってきたのは、ミネラルウォーターの二リットル入りペットボトルを抱えた、カットソーを着た若い女性だった。《ピースフル・ドラゴン》の社員の一人で、三橋という名前だった。

「ポットのお湯がなかったと思うので、お持ちしました。沸くまでに時間がかかると思いますけど」

「ああ、いえ、お構いなく」

有馬の前を通り、壁際のテーブルの上に置かれた電気ポットの蓋を開けると、ミネラルウォーターを中へ注いでいく。やがてポットの蓋が閉められ、湯を沸かす音が聞こえてきた。

おや、と有馬は思った。用事がすんだはずなのに、三橋が応接室を出て行こうとしないのだ。そればかりか、どこか不安を抱えたような顔で、九条の横顔をじっと眺めているのだ。

「あの、何か？」

有馬が声をかけると、三橋はさっとドアを開けて廊下に首を出し、キョロキョロと様子をうかがってからまたドアを閉めた。

「秋部代表には内緒にしておいてほしいのですが、鶴見さんからお預かりしているものがあるんです」

「はい。釧路へ行かれる直前に、渡されたんです。『私に何か変なことがあったら、見てほしい』って。『くれぐれも、秋部代表には見せないように』とも言われました」

ぴくりと九条の頰が動く。三橋は棚のタブレットを取り、ポケットからUSBメモリスティックを出して差し込んだ。画面いっぱいに、切り抜かれた新聞記事が現れた。『山中でバイク事故　ガードレール突き破り　長野』と見出しがついている。

「三年前に、長野県のある山道で起きた事故の記事です。現場に残されたタイヤの跡などから、対向車がカーブでスピードを出しすぎてはみ出し、それを避けるためにバイクの方が無理な方向転換をして崖から落ちたと判断されています。対向車を運転していた人は現れず、バイクと接触したわけではないので証拠の傷も残っていないだろうと」

「これが、何か?」

三橋は何も言わず、画面をスクロールさせた。一枚の領収書の画像があった。〈タカタレンタカー　長野営業所〉とある。あて名は〈ピースフル・ドラゴン様〉となっている。

「日付が、事故のあった日と同じなんです」

彼女が何を言おうとしているのか、有馬はすぐにわかった。三年前といえば、まだ秋部と鶴見の二人で旅行サイトを中心に事業をしていた時期だ。

「事故を引き起こしたのが秋部で、同乗していた鶴見に口止めしていた。そういうことだな」

九条の鋭い目に、三橋は震え上がるように首を振る。

「私の口からは何とも言えません。でも、釧路に行く前の鶴見さんは本当に辛そうで。……ひょっとしたら黙っているのが心苦しくなっていたのかもしれません」

有馬はしばらく呆然としていた。秋部には、鶴見を殺す動機があったのだ。

すっ、と音もなく、九条が立ち上がった。

「有馬、明日の朝、釧路に飛ぶぞ」

6

午前八時ちょうど羽田発の飛行機に乗り、釧路空港に着いたのは九時三十五分のことだった。空港へ降り立った段階では気温の低さは感じなかった。

「有馬」

背後から声をかけられたのは、荷物受取を通り過ぎようとしているときだった。振り返ると、ダウンコートを着た秋部が右手を挙げて近づいてくるところだった。肩からカバンを提げ、寒いからか、左手はポケットに入れたままだ。

「おや、九条さんも。昨日はどうも」

「同じ飛行機だったのか。病院に行くのか?」

「そうしようかと思ったんだが、名古屋からご両親も来るらしく、気まずくてね。もともと鶴見が僕と会社を興すことに反対していたから。ご両親にとっては、彼女が病んでしまったのも僕のせいということになる。お互いに顔を合わせたくはないはずだ」

「北海道警の車が迎えに来ているはずだ」

有馬が答える前に、九条が口を開いた。

「鶴見のマンションへ行く。貴様も一緒にどうだ」

有馬は驚いた。九条がこんな気遣いを見せることなどあまりない。秋部も戸惑っていたが、「ありがとうございます。そうさせていただきます」と答えた。

迎えに来ていた井村という北海道警の刑事とともに空港の外へ出ると、寒気が有馬の頬を刺した。車には、助手席に九条が、後部座席に有馬と秋部が乗り込んだ。晴天だが、見渡す限り雪景色だった。車は車道に積もったままの雪の上を走っていく。

昨晩のうちに、鶴見久子の部屋から、頭部を殴ったと思われるブロンズ像が見つかっていた。さらに鶴見の財布が見当たらないことから、釧路署は窃盗を目的とした犯行の線でも捜査を進めていると、運転しながら井村は言った。

三十分ほどで、現場のマンションの前に到着した。

「鶴見さんは、ここに落ちたわけです」

井村は、三人を案内し、白い息を吐きながら説明した。

「落下したのは昨日の夜、七時十五分過ぎ。六階の住民が食事中、何かが窓の外を落ちていくのが見え、ベランダに出て下を確認したところ、人が倒れているのを発見、警察に通報したということです。歩行者はいませんでした」

雪の上に生々しい血の痕が残されている。普段なら白いテープかチョークで描かれる人の形は、黒いテープで象(かたど)られていた。

「どこから落ちた？」

訊ねながら九条はマンションを見上げる。同じ形のベランダがずらりと並んでいる。十三階建てのマンションで、一階につき六部屋あった。

「８０２号室、八階の右から二番目です。ご案内します」

井村に続きマンションに入る。エントランスにはエレベーターが二台あり、停(と)まっていた右側のほうへ乗り込んだ。八階に着き、エレベーターを降りると、８０２号室のドアの前に制服警官が立っていた。

「こちらです。駆け付けたのは私と上司ですが、その時、このドアは開いていました。オートロックではありません」

「ドアに指紋は？」

「誰のものもついておりませんでした。突き落とした犯人が拭い去ったものと見ています。現場のものには手を触れないよう気をつけて下さい」

井村が扉を開け、続いて中に入った。足跡を残さないように、スリッパを履くようにと井村は言った。

玄関から短い廊下を行った突きあたりに、キッチンが併設された八畳ほどの部屋があった。デスクと、テーブル、いすが一脚。右手の壁には本棚があり、文庫本や絵本が並んでいる。正面に、白いカーテンがかけられたガラス戸があり、ベランダへと通じている。ガラス戸は閉められており、クレセント錠がかけられていた。

「あの、仕事関係のものがあると思うのですが、デスクの周りは見てもいいでしょうか」

「今はまだご遠慮いただけますでしょうか。事件性が拭えないものですから」

「そうでしたか」

秋部が井村と話している間、九条はクレセント錠を外してガラス戸を開けた。寒気が入り込むと同時にカーテンが舞う。寒いですよ、と近づいていくと、九条は外をまっすぐ見ていた。

「どうしたんですか?」

「あれを見ろ」

道を隔てた向かい側に同じくらいの高さのマンションがある。一階上の高さにある窓の向こうから、ちらちらとこちらを眺める若い男の顔があった。じっと有馬がそれを見ていると、男は慌ててカーテンを閉めた。

「警察が来ているのが、気になっているんですかね」

「井村」

有馬の問いに答えるでもなく、九条はくるりと振り返る。

「向かいのマンションに目撃者は」

「昨日のうちに聞き込みをかけましたが、めぼしい目撃情報は得られませんでした。この季節ですからね、閉め切っているのが普通です」

九条はそのまま、棚のほうへと足を進め、並んでいる本を眺めはじめた。有馬はガラス戸を閉め、クレセント錠をかける。ふと秋部を見ると、リビングのソファーに腰かけ、ぼんやりとしていた。コートは脱がず、両手をポケットに入れている。

「何か、気づいたことはあるか?」

有馬の問いに、秋部は首を振る。

「何も。鶴見らしい、シンプルでこじゃれた部屋だよ。散らかっていないということは、犯人と鶴見は格闘しなかったということか。はっ、鶴見が格闘なんて考えられないな。一体、誰が……」

ポケットから出した右手を額にやる秋部の横顔を見ながら、有馬の心中は複雑だった。

昨夜、《ピースフル・ドラゴン》の三橋が告げた、三年前のバイク事故の件で、九条が秋部を疑っているのは明らかだった。ここへ同行させたのも、秋部の持つ【悪魔の力】を見極めるためだろう。【悪魔の力】の関わるこの事件の犯人が旧友だとは信じたくはなかった。しかし、警察官としては、私情を挟むわけにはいかない。

ふと、テーブルの下が気になった。円形の、灰色のラグが敷いてある。掃除は行き届いていて清潔感があるが、ラグと同じ灰色のごみが落ちているのだ。有馬は手を伸ばし、それを拾う。二センチ四方ほどの紙片だった。どこかで見たことがある――その正体がわかったとたんに、有馬の体はびくりと震えた。秋部が有馬のほうに顔を向ける。

「どうした、寒いか？」

「いや、別に」

ごまかしながら、それをポケットに滑り込ませる。秋部が気づいた様子はなさそうだった。

「おい」

背後で九条の声がして、有馬と秋部は同時に振り返った。すぐそこに九条が立ってい
て、ビニール袋に入った馬の置物を抱えていた。台座に血痕がこびりついている。

「犯人が被害者を殴打するのに使ったものだ。見覚えはあるか」

「ええ、鶴見がずっと大事にしていたものです」

痛ましそうな表情で秋部は答えた。

「この部屋にあったものだな」

「そうじゃないでしょうか」

九条は鎌をかけたのではないかと有馬は感じていた。そうですと答えた場合、秋部がこ
の部屋に来たことがないという証言は嘘だったということになる。しかし、今の返答では
秋部を追い込むことはできない。

秋部は立ち上がった。

「すみません。お供させていただいて申し訳ないのですが、僕はそろそろ、失礼したいと
思います。仕事関連の書類に触れられないんじゃ、意味がないですし。それよりもやっぱ
り、鶴見の顔を見たいですから」

「いいだろう。有馬、貴様が同行しろ」

有馬はうなずいた。一つ、考えがあった。

「私がお送りします」

井村が申し出た。

エレベーターを待つ間、三人とも無言だった。八階にエレベーターが到着したときを見計らって、有馬は「あ、そうだ」と声を上げた。

「九条さんに言い忘れたことがある。秋部。井村さんと先に行っててくれ」

秋部と井村は不思議そうな顔をしたままエレベーターに乗り込む。有馬はそれを見送った後で、鶴見の部屋へ戻った。呼びかけると、九条が顔を上げた。

「さっき、そこのカーペットで、これを拾ったんです」

ポケットからさっきの紙片を取り出す。ロボットの形をしていた。

「昨晩のパーティーで割られたくす玉の中に入っていたものです」

九条の頰がぴくりと動く。

「間違いはないのか」

有馬はうなずいた。

「あのくす玉は特注だと言っていました。この紙吹雪が舞ったのは昨晩あのパーティーしか考えられません」

　パーティーに参加していた者が現場へ来たという証拠だった。どうやって、というのはあえて言わなかった。九条が思い描いている【悪魔の力】を使ったのに間違いないからだ。

「貴様はやはり、病院へ行け。秋部を見張っていろ」

「九条さんはどうするんです？」

「まだ調べたいことがある」

7

　鶴見久子の遺体は、病院の地下の霊安室に横たえられていた。ただでさえ、冬の釧路は寒い。霊安室のような閉塞感のある薄暗い空間にいると、まるで冷蔵庫の中に放り込まれたような感覚になる。

　有馬は手を合わせたが、秋部は思うところがあるのか、ダウンコートのポケットに手を入れたまま、うつむいて目を閉じただけだった。改めて鶴見の顔を見る。頭を殴打されたうえにベランダから落とされたにしては、安らかな顔をしていた。

「ご両親は、どちらに？」

鶴見の遺体を挟んで向こう側にいる担当医師に、秋部は訊ねた。

「一階のロビーで、警察の方とお話をしていらっしゃいます」

「そうですか。鶴見の葬儀については、何か話していらっしゃいましたか」

「実家のある愛知で行う予定だと。ただ、事件性のあることなので、解剖が行われる可能性があります。警察の判断が下るまで、ご遺体の引き取りはお待ちいただくことになると思います」

淡々と語る医師の表情に、有馬は九条の顔を重ねていた。秋部がため息をついた。

「ここでも、警察の判断を待たなければいけないわけですね。一刻も早く連れて帰りたいだろうに、気の毒だ」

「ご了承ください」

医師は頭を下げ、霊安室を出て行った。有馬と秋部、それに鶴見の遺体だけが残された。

「かわいそうだな、こんな寒い地の地下室に一人寝かされておくなんて」

「ああ……」

有馬はそれだけ言った。秋部を疑っていることがわかってしまわないかと心配だった。

「この釧路で、彼女がいったいどういう人間関係を築いたのか、俺は知らない。財布のために、鶴見を殺すほどの相手がどんなやつなのか、見当もつかない」

「秋部。鶴見さんを殺したのは、【悪魔の力】の持ち主だ」

有馬は口を開いた。

「悪魔が現れるのは強い殺意を抱いた人間の前。……つまり、犯人は金が目的ではなく、鶴見さんの殺害そのものが目的だった」

秋部は有馬の言葉の意味をしばらく考えていたようだったが、やがて、ふうと息をついた。

「有馬、君の言う〝悪魔の星〟の話だが、本当なのか？」

「なんだと？」

「そもそも、九条とかいう君の上司も、信じられるかどうかわからない。たとえ【悪魔の力】を使って人を殺めたことを突き止められたとしても、警察はその犯人を逮捕できるのか？　裁判ではどうする？」

今まで犯行を暴いてきた犯人たちが言ったのと同じことを、秋部は言った。有馬が答えかねていると、「まあいい」と秋部は自分から話を打ち切った。

「ここは寒い。上にカフェがあったね。あそこへ行かないか」

秋部は有馬の返事を待たずに出入り口へ歩み、コートのポケットから出した右手で扉を押し開け、出ていった。有馬も追った。

ロビーの隅にある、丸テーブルが四つだけの小さなカフェだった。有馬たちの他に客はなかった。

移動してからの数十分は、凍り付いたような時間だった。二人ともコーヒーを頼んだが、会話はない。秋部のほうは心なしか挑戦的な微笑みを浮かべているようだった。

「腹が減ったな」

秋部が口を開いたのは十二時を過ぎたときだった。

「仲間が死んだっていうのに、胃袋というのは薄情なものだね。有馬。どこかへ移動して昼飯にしないか」

「いや、まだ仕事があるから」

「仕事って。さっきからコーヒーも飲まずにじっとしているだけじゃないか。まあいいよ。それなら一人で行ってくる」

待て、と言おうとしたとき、

「ここにいたか」

ロビーのほうから九条がやってきた。秋部がにこやかに応じる。

「やあ、九条さん。今、昼飯を食べに行こうとしていたところなんですよ」

「座ってもらおうか」

いつもどおりの有無を言わさぬ口調だった。秋部が従うと、九条も空いている席に座った。

「鶴見久子を殺したトリックがわかった。犯人は貴様だ、秋部豊正」

九条はぎょろりとした目で、秋部を睨みつけた。

8

「そうですか。鶴見はそんなものを残していましたか」

昨晩、三橋から聞いた長野県のバイク事故のことを九条が話すと、秋部は緩やかな笑みを浮かべて応じた。

「あれは向こうがハンドルを勝手に切って落ちたんだ。僕の運転が原因じゃない」

「ではなぜ警察に名乗り出なかった？」

「いくら無実を主張したって、世間が僕たちを叩くのは目に見えている。黙っていたほうがいいに決まっているじゃないですか」

「いずれにせよ、良心の呵責に堪えかねた鶴見が出頭すると言い出せば、貴様は止めたはずだ。貴様には動機がある」

秋部は納得がいかなそうな顔をしていたが、そのまま有馬のほうを向いた。

「有馬も、九条さんと同じ意見かな？」

「ああ」

「やれやれ。職務に忠実な刑事は、旧友に肩入れしてくれないというわけだ。いいでしょう。仮に、僕に動機があったとしましょう。でも、僕には昨晩、釧路にいる彼女を殺せたはずはない。なぜなら僕は東京都港区赤坂のホテル・オービルパレスでパーティーに参加していたからだ。有馬を含む招待客全員が証明してくれます」

「鶴見が殺された午後七時十五分ごろ、貴様はマジックを披露していたのだろう。洗濯機の形をした水槽の中に入り、姿を消した」

「そのあとすぐに、会場に現れましたよ。見ていただろ、有馬」

「先ほど、現場のマンションのカーペットの上で、有馬がこれを見つけた」

ロボットの形の紙片を、九条は秋部に突き付ける。

「昨晩パーティーで割られた、特注のくす玉の中身だ。この紙片が体についた者があのマンションへ行った。貴様だ、秋部。客前から姿を消してから再び現れるまでのあいだ、貴様は鶴見のマンションへ行った」

　そして九条はついに、口にした。

「【瞬間移動する力】……貴様が授かった【悪魔の力】はそれだ」

　有馬は黙ったまま、右の眉をぴくっと上げた。

「貴様は手枷と足枷を着けたまま洗濯機に入った。手足を抜けさせるのにも【瞬間移動する力】はおあつらえ向きだったというわけだ。おそらくは、特定の人間の気配を感じ取って力を行使することができるのだろう。それなら、行ったことのない現場にも移動できる」

　赤坂の水槽の中から、釧路のマンションへ移動した秋部は、驚いて抗う余裕もなかった鶴見を殴打し、体を持ち上げてベランダから落とした。このとき、体についていた紙片がカーペットの上に落ちた。参加者の誰かの気配を頼りに赤坂のパーティー会場へ戻った貴様は、再び客の前に姿を現した。――九条はそう言った。

「どうだろうなあ」

　秋部は薄笑いを浮かべている。

「そんなロボットの紙片一つで僕の犯行を証明したことにはならないと思うな。あのパーティーに参加していた人なら誰でも該当しうる」

有馬は、苦虫をかみつぶす思いでいた。たしかに、秋部がやったことの決め手にはなりえない。すると九条はそんなことは想定内だとでも言いたげに次の言葉を継いだ。

「目撃者がいた」

「何ですって？」

秋部の目が見開かれた。

「現場の向かいのマンションの九階に住む川瀬（かわせ）という男が、偶然窓の外を見ていた。男が、女の体を持ち上げてベランダから外へ落とすところを見たと。そのとき男と目が合った気がして、証言すれば自分も殺されるのではないかというあらぬ心配に囚（とら）われ、昨晩警察が聞き込みに来たときには『知らない』と証言したのだそうだ」

「それじゃあ、その人は犯人の顔を？」

「川瀬は今、井村がここへ連れてくる」

秋部は、唇（くちびる）を歪（ゆが）め、青ざめているように見えた。やがて、ロビーのほうから井村刑事が一人の男性を連れてきた。ダウンコートを着てびくびくしたように周囲を見回す彼は、先ほど現場のベランダから向かいのマンションを見た時に、有馬と目が合った男だった。

「川瀬。貴様が昨晩見たのは、この男か？」

九条は、秋部の顔を指さしながら訊いた。川瀬は秋部の顔をじっと見つめたが、消え入るような小さな声で、「……ちがいます」と答えた。

「えっ？」

井村が信じられないというような声を出す。

「この人じゃないの？」

「ちがいます。たしかに男性でした。ワイシャツを着て、コートを羽織って。でも、この人じゃない。もっと若い人だった」

びくびくした態度は変わらないが、川瀬ははっきりと証言した。秋部が笑い出した。

「いやー、ありがとうございました。これで僕の容疑は晴れた。そうですよ。パーティーのあいだ、東京から釧路まで瞬間移動しただなんて。そんな荒唐無稽なことあるわけないじゃないですか。あー、苦しい」

右手を胸にあて、また笑い出す。

「よく考えたら、くす玉の紙片が体についているってのもおかしな話ですよ。僕は洗濯機の中で透明なビーズに揉まれていたんだから」

有馬ははっとした。洗濯機の中で揉まれていたなら、紙片は体から落ちていないとおかしい。九条は表情を変えず、秋部をじっと見ていた。

「有馬、まだ僕のことを疑っているのか？」

「いや……」

「しょうがないな。マジックのタネ、教えるよ。君の言った通り床が抜けて、僕は落ちるんだ。そこにはスタッフが待ち受けていて、手枷足枷を外して、着替えも手伝ってくれる。まあ、あのマジックはパーティーの最大の目玉だったから、イベント会社のスタッフを社員にも秘密で僕が雇って、手伝ってもらったんだよ。渋谷にある、《シーガル・ナンバーワン》っていう会社の吉田さんという人さ。調べてもらってかまわない」

秋部は笑顔のままだ。九条は無表情だが、有馬にはすこぶる機嫌が悪そうに見えた。

「あーあ、笑ったら本格的におなかが空いた。僕はもう、一人で食べに行くよ。せっかく釧路に来たから、海鮮がいいなあ」

黙り続ける九条と有馬を残し、秋部は余裕に肩を揺らしながら、ロビーを抜け、病院を出て行った。両手を、ダウンコートのポケットに突っ込んだまま。

9

目撃者の川瀬を連れて井村は去り、カフェには有馬と九条の二人だけが残された。九条は両手を膝の上で組み、死んだように目をつむっている。

「やはり、思い違いだったでしょうか」

　有馬は言った。

「でもあの紙吹雪は間違いなく、昨日ホテル・オービルパレスのパーティーでくす玉から舞い散ったものです」

「なぜ、ホテル・オービルパレスだったんだ」

「はい？」

　昨夜、秋部の会社へ向かう車の中でも九条が同じことを気にしていたのを、有馬は思い出していた。

「たしか、出版業界のパーティーがよく開かれるから憧れていたって……」

「昨夜調べたが、出版業界のパーティーは銀座や新橋のホテルで開かれることが多く、ホテル・オービルパレスで開かれることはめったにないらしい」

　秋部の昨晩の証言に嘘があったということだ。でもそれが事件に関係あるのか、有馬にはわからない。

「あのホテルでパーティーをしなければならなかった理由が、他にあるっていうことですか？」

　数秒後、九条はぱちっと目を開けた。

「有馬。新宿東署の刑事課に知り合いがいるな？」

「そりゃ、このあいだまでそこに配属されていましたから」

「今すぐ電話をかけ、《ピースフル・ドラゴン》に向かわせろ」

九条の指示を聞いているうち、有馬は鳥肌が立っていった。この上司の言っていることが本当だとしたら、自分が昨日から考えていたことはすべて間違いだったということになる。

「急げ。私は亀戸署に連絡を取る」

九条はコートのポケットから携帯電話を取り出した。

10

釧路空港十八時五十分発の便は、七割くらいの席が埋まっていた。有馬は九条と連れ立ち、ビジネス席へ向かう。ある席を二人で挟んで座った。

「おや」

二人に挟まれた席に先に腰かけていた乗客がタブレットから顔を上げる。秋部豊正だった。

「お二人も、ビジネス席ですか？」

「貴様の席を挟むように手配させた」

「そうなんですか。帰りも一緒ですね」

秋部はタブレットに目を落とす。座席でもダウンコートを着て、左手はポケットに入れたままだった。

やがて扉が閉まり、飛行機は動き出した。飛び立ち、昼間の晴天が嘘のような黒い雲の中を飛行機は上昇していく。気流の乱れがあるために、機体がかなり揺れる恐れがあると、機長がアナウンスで告げた。

「先ほど、貴様がマジックの手伝いを依頼したイベント会社の社員に連絡がついた」

航行が安定したころ、九条が口を開いた。

「たしかに昨晩のパーティーで、特設舞台の下に落ちてきた貴様の着替えを手伝ったと言っていた」

「よかった、僕が瞬間移動をしたわけじゃないことはいよいよ確かだというわけですね」

にこやかな表情で膝の上のタブレットを操作し続ける秋部に向かい、九条は言葉を継いだ。

「ただ一つ、煮え切らないことがあると言っていた。落ちてきたとき、貴様の手足からはすでに手枷と足枷が外れており、どうやって外したのかはわからないとのことだ」

「そんなにマジックのタネが気になりますか?」

秋部は顔を上げた。

「もういいや、お教えしますよ。口の中に鍵を入れていたんです。咥えたまま手枷を外したあとで、右手に持ち替えた鍵で足枷を外す。それだけのことですよ」

「それを、水流の中でやったのか」

「水流じゃなくて、透明なビーズです」

がくんと機体が揺れる。取り落としそうになったタブレットを、秋部は慌てて右手だけで抱え込んだ。

「昨日の午後、貴様はどこにいた?」

九条は突然、質問を変えた。

「午後ですか? なんでまた」

「亀戸で男が殺された」

九条は落ち着いた口調で、亀戸の雀荘の事件の概要を話した。

「この事件の際にも、〝悪魔の星〟が出ている。犯人は【悪魔の力】を使ったということだ」

「なるほど。〝悪魔の星〟が一日に二件。でもその亀戸の事件とやらは、僕とは関係ないですねえ」

秋部は有馬のほうにちらりと視線を投げてくる。勘弁してくれ、とでも言いたげだった。有馬はそんな秋部に向かって言う。

「新宿東署の刑事課の同僚に、会社に行って聞き込みをしてもらったんだ。昨日の午後一時すぎ、秋部、タクシーを呼んでどこかへ行ったそうじゃないか」

秋部の顔が曇った。

「そうだったかな。……いや。ああ、そうだ。お世話になった人への贈答品を買うために、ちょっとデパートへね」

「タクシーの運転手も特定することができた」

有馬が告げると、秋部の目が泳いだ。

「目的地は亀戸だったとタクシー運転手は証言したそうだ。ドライブレコーダーにもしっかり、お前の姿が映っていた。現場とそう離れてはいない場所で降り、カラオケボックスに入っていった」

「神崎八郎を殺害したのは、貴様だ」

九条の告発に、秋部の目が大きく見開かれる。

「何を言っているんですか」

「貴様は神崎の賭け麻雀のカモとなっていたある者の知り合いだ。その者を仮にXとする。Xから雀荘の位置を聞いた貴様は防災業者を装って現場の天井裏に盗撮カメラを設置した。そして昨日、現場近くのカラオケボックスへ入り、神崎の首を絞めて殺害した」

「ちょっと待ってください。めちゃくちゃなことを言っていると、自分で思いませんか、九条さん」

秋部の口元には、笑みが浮かんでいる。

「そのXが誰かとか、そんなことはひとまずおいといて、カラオケボックスにいながら、どうやって雀荘の二階の相手の首を絞めるんですか？」

「貴様は神崎の昼寝の習慣もXから聞いて知っていた。そして、カメラを設置する以前から現場の雀荘の間取りや周辺状況を調べ、綿密な計画を立てた」

「なんですか、それ答えになっていないじゃないですか」

「なぜ釧路へ来た？」

「九条さん、答えてくださいよ」

「鶴見の顔を見たかったというのは口実で、目的は二つあった。一つは鶴見の部屋で長野のバイク事故の資料を探して隠滅すること。もう一つは、アリバイ作りだ」

秋部は呆れたように九条の顔を見ていたが、鼻から息を吹き出した。

「何のアリバイですか」

「鶴見が三橋にバイク事故のことを告げたのを貴様は知っていた。それで三橋の口を封じることにした。神崎を殺したのと同じ方法で」

「話が難しくてついていけないな」

「バイク事故のことを我々が知っていることが分かった時点で、貴様が三橋を殺す理由はなくなったはずだ。だが、念のために、三橋は保護させた」

「それはご苦労様です」

「貴様のほうには、隠し事が残った」

九条の視線は、ある一点に注がれていた。コートに入ったままの、秋部の左手だった。有馬も九条も、釧路空港で今朝会ってから今まで、この左手がポケットから出されたところを一度たりとも見ていない。

そのとき、再び機体が大きく揺れた。かなり大きな揺れで、周囲の席からおお、と声が上がる。その隙をついて、九条は秋部の左ひじを摑んだ。秋部は抵抗したが、九条のものすごい力に引っ張られ、左手はコートから出される。

――秋部の左手は、手首のところで切れ、その先がなかった。断面には血管も骨も見えず、円形の皮膚になっている。

「【手足を切り離し、動かすことができる力】。それが、貴様が授かった【悪魔の力】だ。女である三橋は、左手だけで十分だと考えたのだな」

九条は重々しい口調で告げた。

「昨日、切り離され、手袋をつけた貴様の両手は雀荘の裏手の、木の死角になっている雨どいを上り、窓を開けて部屋に侵入した。手が入るだけの隙間だったから、花屋も気づかなかったのだろう。カラオケボックスで神崎の部屋に仕掛けたカメラから送信されてくる映像を見ながら、貴様は両手をベッドへ這わせ、神崎を絞め殺した」

有馬は秋部の顔を見てぞっとしていた。口元に、穏やかな笑みを浮かべているのだ。

「今となってはどうでもいいことだが、手足を自由に切り離し、元に戻せるならば、手枷足枷など、簡単に抜けられる」

「参ったなあ。これを見られてはしょうがない。九条さん、たしかに僕はその力の持ち主ですよ」

「認めるのか」

「力の持ち主であることは認めます。数か月前、どうしても許せない相手がいて、心の中に殺意が芽生えたとき、目の前に現れた悪魔から授かりました。でも、仕事に情熱を向けることで僕は殺意を抑えることができた。力だけが残りました」

「その相手とは誰だ」

「そんなのはどうでもいいでしょう。とにかく僕は、神崎という男を殺してはいない。可能だったかもしれないが、その人を知らないし、そもそも麻雀をやりません。いったいなぜ、僕は神崎さんを殺さなければならなかったのでしょう」

まるで童話でも読み聞かせるように楽しげな口調だった。

「交換殺人だよ」

背中の寒気を振り払うように、有馬は告げた。

「お前は、Xが【瞬間移動する力】を悪魔から授かったことを知っていた。Xは自ら神崎を殺害することも考えただろうが【悪魔の力】に関する事件を次々と解決して回っている『マルディー案件』専門の刑事の存在を知っていて、完璧(かんぺき)なアリバイを成立させない限り、自分の犯行はばれてしまうかもしれないと殺害をためらっていた。それを知ったお前はXに自分も【悪魔の力】を持つ者だと言って近づき、交換殺人を持ちかけた。お互いに完璧なアリバイのあるときに、お互いのターゲットを【悪魔の力】を使って殺める。……まさに、【悪魔のトリック】と呼ぶにふさわしい計画だよ」

秋部は、有馬の話を聞いても、なおも笑みを崩さない。

「その様子じゃ、Xの正体もつかめているんだろうね、有馬」

旧友の問いに、有馬はうなずいた。

「警察がひた隠しにしている『マルディー案件』専門の刑事がいるということを知っている人物。そして、神崎が死んだ午後二時に完璧なアリバイがあった人物だ。さらにXには、秋部に確実なアリバイのあるタイミングに釧路に瞬間移動をして鶴見久子を殺すという重大な任務があった。パーティーに参加し、秋部が注目されているマジックを目の前で見ていなければならなかった」

「もったいぶらないで、早く言いなよ」

「神崎の賭け麻雀に出入りしていた客のリストの中に、あったよ。赤坂署の大木孝仁巡査の名前が。目撃者の川瀬に大木の顔写真を見せたら、間違いないと証言したよ」

告げながら有馬は、昨晩の大木の行動を思い出していた。秋部のマジックが始まった直後、あたかも無線で呼ばれているようなふりをして外へ出て行った彼のスーツの背中に、くす玉から落ちた紙吹雪が一枚、貼りついていた。バーでメールの文面を見ているとき、正面に座っていた大木のコートのポケットに入っていた四角いものは、手帳ではなく鶴見の財布だったのだろう。

「ホテル・オービルパレスを会場に選んだのは、赤坂署の刑事が警備をするのに自然な状況を用意するためだな」

　くくく、くくく……。秋部は声を殺して笑い始めた。

「さすがだなあ、二人とも。悪魔が『手ごわい相手だ』って言っていただけのことはあるよ」

「悪魔が、俺たちのことを？」

「当然だろ。あの廃工場で悪魔を召喚したとき、言われたじゃないか。『この先あんたたちがすごく殺したい相手ができたときには、必ずあんたたちの前に現れる。でもあんたも気をつけなさい。邪魔する者も現れるかもしれない。古来悪魔は、邪魔され続けてきた存在だもの』。……【悪魔の力】を知る古い友人がアリバイの証言者になってくれたらこんなに心強いことはない。そう思って君をパーティーに招待したが、こうして裏目に出るなんてね」

　くくく、くくくと笑いながら、秋部の顔は人間の肌の色を失い、真っ青になっていった。目は黄色く輝き、口は耳まで裂けている。

「まあいいさ。有馬、そして九条さん。あなた方は高慢にも僕のしたことを暴いたと思い込んでいるわけだが、僕を捕まえることはできないだろう。二人ともここで死ぬんだから」

「死ぬ？」

「ああ。忘れてもらっては困るよ。僕の相棒は、【瞬間移動する力】を持っているんだぜ？」

秋部は枯れ枝のようになった右手で、タブレットの画面をタップした。席に座ったままの九条の真ん前に、ぼんやりと影が揺らいだかと思うと、そこに人影が現れた。昨日、ホテル・オービルパレスで有馬と共に警備にあたっていた大木に間違いなかった。顔は表情を失い、右手にはピストルを持っている。

「大木、待て……！」

有馬がベルトを外すより早く、大木は九条の顔に銃口を向け、引き金を引いた。

銃声が機内に響き渡り、周囲の乗客がパニックに陥(おちい)る。

九条の顔の鼻から上は柘榴(ざくろ)のように赤く砕(くだ)け散った。

有馬は声を失う。

さっきまで秋部豊正という人間だった青い生命体だけが、ざらついた甲高(かんだか)い声でけたけたと笑っている。

「相手に瞬間移動されたら、どんな人間でも勝つのは無理だろうなあ。有馬、次は君だよ」

大木はピストルを有馬のほうへ向ける。昨日の朗(ほが)らかな笑顔はどこにもなかった。

「悪いね。悪魔が主人公の話は、絵本のように心温まる結末にはならないんだ」

秋部は告げると、大木に合図を送った。引き金にかけられた大木の指に力が入る――そのピストルの銃口を、掌(てのひら)が塞いだ。

九条の右手だった。

「瞬間移動か。たしかに悪くない力だ」

鼻から上は目の位置すら判別できないほどぐちゃぐちゃになっている。だが、その血にまみれた口は、明快に言葉を発していた。九条に握られた手を見て、大木の顔に恐怖の感情が蘇(よみがえ)ってくるのが有馬には見えた。

「貴様のその力をもってすれば、一瞬で行けるのだろう。ここから遥(はる)かに離れた、太陽の表面でさえも」

九条がぐっと手に力を込めた瞬間、大木の姿は消え、一筋の煙が残っていた。口を開いたまま状況を判断しようとしている秋部のほうに、柘榴のような顔を向けると、九条はその手を伸ばした。

「貴様も、手足だけと言わず、その力を存分に発揮すればいい」

ぐがん、と軽い衝撃と共にフラッシュのような光が機内を照らした。一秒の間をおき、秋部の両腕は三つずつに分解され、首がぽろりと落ちた。タブレットの上に横になった真っ青な首は、恐怖に引きつったような笑いを浮かべていた。その真っ赤な口が、動く。

「驚いたよ、九条さん。あんた、すでに、死んでいたんだな」

どういう意味だ——？　混乱する有馬の前で、再び九条の手から光が放たれ、秋部の体はさらに細切れになった。昔、生物の教科書で見た細胞分裂のように、秋部の頭や切り離された手は二つ、四つ、八つと、見る見るうちに小さくなる。やがて座席の上には青黒い粉末が散乱している状態になった。

気流の乱れで飛行機が揺れ、その粉は飛び散り、座席には服とタブレットだけが残された。

九条はポケットからニット帽を取り出すと、顔の傷を隠すように目深(まぶか)に被(かぶ)り、何事もなかったかのように顔を前に向けた。

いつもと変わらぬ姿のその上司にかける言葉を、有馬は知らなかった。

第五話　九条（くじょう）と有馬（ありま）

1

深夜十一時を過ぎていた。九条一彦は、暗い廊下を走っていた。

自分の足ではないようだった。病室へ一刻も早くたどり着かなければ。ただその思いだけで角を曲がり、階段を三階まで駆け上っていく。

三階は、一階よりも明るかった。遥か先に、同じ署の桐嶋の姿が見えた。

「九条さん」

九条の姿を認め、桐嶋は言った。その声や表情から、事態が良くないことが伝わってきた。

「浜岡は？」

桐嶋は何も答えず、真っ赤な目を左へ向けた。九条はその視線の先のドアを開けた。一台しかないベッドに、口に酸素吸入器を着けられた男が一人、横たわっている。傍には医療機器が何台もあり、医師と看護師が一人ずつ、葬式のような面持ちで立ち尽くしている。ベッドの上の男が本当に浜岡なのか、九条は一瞬、わからなかった。昨日まで軽口をたたいて笑っていた浜岡が、なぜ、こんなことに——。

「浜岡の容体は？」

九条は、医師に訊ねた。

「最善は尽くしましたが、残念ながら、先ほど……」

医師は、消え入りそうな声で答えた。頭の中が、真っ白になった。浜岡の冷たくなった顔が、彫刻のように見えた。

「すまないと伝えてくれと、救急車の中で、ずっと言っていました」

涙声で、桐嶋が言った。

「軽率な行動は慎めと言われていたのに、って」

「俺のせいだ。俺がついていれば、浜岡に無茶はさせなかった」

「違います。浜岡さんが勝手に」

「うるさい！」

桐嶋を振り返った自分の頬に涙が流れるのを、九条は感じた。桐嶋は唇を嚙みしめ、九条の顔を見ていた。後悔が溢れて仕方なかった。

「……浜岡と、二人にしてくれないか」

桐嶋はうなずき、医師と看護師に目配せをした。病室には、浜岡と九条だけが残された。九条はベッドの脇の背もたれのない椅子に、糸の切れた操り人形のように腰を落とした。

——八王子市内で初めの発砲殺人が起きたのは、一週間前の夜のことだ。繁華街のカラオケ店で、中田優斗という一人の男が殺された。八王子署にはすぐさま捜査本部が設置され、九条や浜岡ら刑事課の面々も加わった。

カラオケ店の防犯カメラに残された映像から、犯人は、暴力団「滝尾組」の下部組織「竜樹会」で下働きをしている清宮英彦という二十四歳の男だということが判明した。竜樹会の指示でフィリピンやインドネシアに何度か渡航しており、向こうで拳銃の扱い方を習得し、かなりの腕前であるらしい。早速、暴力団事件の線で捜査は進められたが、撃たれた中田は暴力団とは一切かかわりのない社会生活を送っていた。その後の調べで、中田と清宮の意外な接点が明らかになった。

清宮は小学生の頃、二歳年上の兄、敦彦を自殺で失っている。敦彦の自殺の原因は同級生数人による激しいいじめであり、中田はそのいじめグループの中心だった。事件は竜樹会とは関係なく、清宮の個人的怨恨によるものなのではないかという疑惑が浮上した。

捜査本部の中でその疑惑が確信に変わったのは、中田が撃たれてから二日後の昼、市内の商店街で二人、犠牲者が出たときだった。そのうちの一人、勝沢恭一が中田と同じく清宮敦彦の中学時代の同級生で、いじめに加わっていたのだ。もう一人は勝沢の恋人だった。恨みのない相手までをも殺害した事実に、捜査本部の怒りは心頭に発した。

カラオケ店のカメラ映像と、商店街の防犯カメラの映像から、清宮はやはり、かなりの拳銃の使い手であると分析されていた。たしかなことはわからないが、昨年、東北の小都市で起きた暴力団関係者が三人射殺された事件の実行犯らしいと、その筋では噂されており、清宮の名を聞くと震え上がるチンピラも何人かいたほどだ。

清宮の兄へのいじめに加わっていた者はまだ数人おり、清宮が遠くへ逃亡したとは考えにくかった。何とか四人目の被害者が出る前に身柄を押さえようと、捜査員は躍起になって清宮の行方を捜索したが、成果はあがらず、数日が過ぎた。

そんな中、八王子署に京都の警察署から連絡があったのは昨日のことだ。二か月ほど前に八王子市内で起きたコンビニ店での強盗致傷事件の犯人らしき男が、かつて通っていた大学の寮に出入りしているという情報だった。清宮を追うのも大事だが、こちらの犯人も早く押さえなければ逃げてしまうかもしれない。課長は苦渋の決断で、九条に京都へ向かうように命じたのだった。

昨晩、九条が京都へ行くことを浜岡に告げると、「俺は一人でも大丈夫だ」と笑っていた。彼と刑事課で組むようになってから、もう七年になる。鋭い洞察力を持つ一方、無茶をする傾向があって生傷が絶えない男なので、九条は心配していた。「清宮に遭遇することがあっても、挑発して発砲だけはされるな。軽率な行動だけは慎め」。九条は何かもやもやしたものが胸にある気がして、浜岡に強くそう言ったのだが、浜岡は笑って取り合わなかった。

九条は京都へ行き、件の学生寮で聞き込みを行った。強盗致傷犯はたしかに出入りはしていたが、ここ数日は現れていないということだった。今日現れないとも限らないので、現地の刑事と九条は二人で張り込みをすることにした。

午後八時過ぎ、九条の携帯電話が震えた。

「浜岡さんが撃たれました」

桐嶋の声がそう告げた。浜岡は単独の捜査で清宮のアジトを突き止めたらしい。誰かに相談すればいいものを、一人で乗り込み、撃たれたのだ。救急車で運ばれたが、助かる見込みは限りなく低いとのことだった。九条は張り込みを所轄の刑事に任せ、新幹線に飛び乗った。

太ももに肘をつき、組んだ両手に額を載せる体勢をとって、どれくらいだろう。もう涙は流れていなかったが、後悔と怒りは、むしろ強くなっていた。ポケットから札入れを取り出し、指を突っ込む。出てきたのは、紙で作られた小さな人形だった。

九条も浜岡も四十過ぎで独身だった。もっとも浜岡のほうは、一度結婚したことがあるが、仕事に心血を注ぐあまり愛想をつかされ、離婚していた。浜岡には小学校五年生になる誠という名の息子がいて、別れた妻と共に山梨の妻の実家で暮らしている。浜岡は一か月に一度、誠と会う日だけはなるべく仕事を休むようにしていた。

「最近、誠の学校でいじめがあるらしい」

一緒に酒を飲んでいるとき、浜岡がそう言ったのは、先々月の半ばだったか。

「いじめられていたやつをかばったら、今度は自分がいじめられるようになったんだそうだ。そこまでは立派だったんだが、『今度は仲間を集めて、いじめる側に回ってやる』なんて言うから、どなりつけてやったよ。そしたら、『警察は仲間を集めて、犯人をいじめてるじゃねえか』って」

はははと笑った浜岡の笑い声が耳によみがえった。

「警察はいじめと戦っているんだ。仕返しは逃げることだ。お前は逃げずに戦え。俺はそう言った。……離婚した俺が言える立場じゃないが、せめてあいつには逃げるような人間にはなってほしくないんだ。いじめからも、弱くなりそうな自分からもな」

わかってくれるだろう、と九条が言うと、浜岡は自分の札入れから小さな人形を取り出した。

「なんだ」

「学校の、郷土の伝統工芸を学ぶ授業で作った、お守り人形だと。俺と、お前の分だそうだ」

浜岡は、自慢の友人だと九条のことを誠に話していたようだった。

別れて暮らしていても、息子のことは常に考えている男だった。九条には妻も子どももいないが、浜岡の父親としての気持ちは伝わっていた。

手の中の紙人形を、ぐっと握る。

浜岡が死んだことを、誠君はすでに知っているのだろうか。……悲しみが増幅するとともに、清宮への怒りがこみあげてくる。刑事は憎しみを抱いてはいけないと、新人の頃からさんざん言われてきたが、抑えられそうになかった。

――殺す。

心の中に、はっきりとその文字が現れた。

――清宮を、殺す。

逮捕という生ぬるいことでは済まさない。俺は、浜岡を撃ち、小学生の息子から父親を奪った清宮を殺さなければ気が済まない。今後の警察人生など、考えなくてもいい。

だが、と次の瞬間、臆病風が吹いた。

清宮は暴力団の認める拳銃の使い手だ。それに引き換え、こちらは警察学校で習ったきり、ろくに拳銃を扱っていない。もし清宮を追い詰めることができても、浜岡と同じくやられてしまったのでは、意味がない。

どうすれば、清宮を殺すことができるか。どうすれば……。

「やぁだ、いい顔ねぇ」

甘ったるい声が聞こえたのはそのときだった。はっとして振り返るが、病室のドアは閉まったままだった。

「こっちよ、こっち」

顔を戻し、九条はどきりとした。浜岡の横たわるベッドの向こうに並べられた医療機器。その間から、この世のものとは思えない黄色い目がこちらを見ていた。全体が真っ黒で真っ赤な口は頬まで裂けている。

「なんだ、どうやって入ってきた？」

「どうやっても入れるわよ。悪魔だもの」

「悪魔……」

怒りと憎しみで、自分の頭がおかしくなってしまったのではないかと思った。だがその反面、「悪魔」という言葉に妙に納得している自分もいた。つるりとした頭、尖った爪を持つ長い指。目の前にいるそいつは、悪魔に違いない。

「お仲間は、残念だったわね。でもあなたそれで、とても素敵な感情、殺意を心に芽生えさせることができたわ」

「何を言っているんだ」

「犯人が憎いでしょう？　殺したいけど実現性に問題がある。だから私がそのお手伝いをしてあげようっていうのよ」

するりと医療機器のあいだを抜け、風のように素早く、悪魔は九条の前までやってきた。その手には、レストランのメニューのようなものが握られていた。ミミズがのたうち回ったような、見たことのない文字が並んでいたが、不思議なことに九条には、それが読めるのだった。

「【悪魔の力】よ。普通の人間には考えも及ばない不思議な力。授かった人の工夫次第で、完全犯罪が可能になるのよ」

完全犯罪。今まで忌み嫌ってきた言葉だ。むしろ、犯罪は露見しても構わない。ピストルの使い手である相手を、こちらが撃たれることなく殺せる力なら。九条はそのメニューをじっくり見た。

「言っておくけど、一つだけね。三つも四つもって、欲張っちゃダメよ」

【水を宙に浮かせる力】

【馬と同じ速さで走れる力】

【体重を自在に変えることができる力】

……まったく役に立ちそうにない。

「この、【壁をすり抜けられる力】というのは、銃弾にも効果はあるのか」

「飛んでくる銃弾が体をすり抜けるかってこと？　それはダメよ。建造物の、地面に対して垂直に立っている物、つまり、壁だけよ。天井も床もダメ」

「じゃあいい。【時間を止める力】というのはないのか」

「ああー、あんたもそれ、言うの？　そればっかりは悪魔にも無理だわあ。なんで人間ってみんな、時間を止めたがるのかしら」

気味悪く身をくねらせる悪魔を無視し、九条はメニューを吟味(ぎんみ)したが、やはり清宮の拳銃を無力化できる力は見当たらなかった。

ベッドの上の浜岡に目をやる。お前ならどうする？

……逃げるような人間になってほしくない。そういう声が聞こえてきた気がした。

「だめだ。やめておこう」

首をふる九条に、悪魔は驚いたようだった。

「やめる?」

「ああ。清宮のやつは憎くて仕方ないが、俺に役立つ力はない」

「あんた人間でしょ。もっと知恵を絞りなさいよ」

「俺に人は殺せない」

「まあ!」

悪魔は当てが外れたように、くしゃっとメニューを両手で潰してかき消した。

「つまんない、つまんない。こんな人間、久しぶりよ……。しょうがない。帰るわね」

ひょいと飛び上がると、悪魔は消えた。

暗い病室には、浜岡と九条だけがいた。

何か悪い夢でも見ていたのだろうか。やたらに喉が渇いた気がして、立ち上がる。

「殊勝なことだな」

今度は、背後から声がした。振り返ると、さっきとまったく同じ形をしたモノが、天井から吊り下がっていた。違うのは色だ。さっきの悪魔は真っ黒だったが、こっちは真っ白なのだった。

「なんだ、お前は」

「さっきのやつと同じ時にこの世に復活した者だ。私も悪魔だが、あいつとは対の存在だ」

「また悪魔か……」

だんだん頭が痛くなってきた。感情が高ぶりすぎて、変な幻覚を見ているのだろう。

「私はあいつとは違い、この世に存在することを望まない。静かな眠りの世界にいたいのだ。動と静、生と死、有と無。私とあいつはそういう関係だ。共に生まれた我々は、消えるときも共にあらねばならない」

何か小難しいことを言っている。

「あいつは、心から殺意を抱いた者を見つける力に長けている。あいつの誘いを断ったのはこれまで一人だけだ。私は、そういう者にだけ、望みを託すことができる」

「なんだというのだ」

「貴様には、戦う術か逃げる術か、どちらかを授けよう」

さっきの悪魔と同じように、メニューを取り出す。

「これは……」

九条はメニューを食い入るように見つめる。さっきと違い、【悪魔の力】は二つしか書かれていなかった。

「貴様は、いずれかを選ばねばならないだろう」

悪魔はまったく笑わずにそう言った。

2

十二月二十日。秋部豊正の事件から、すでに二週間以上が経っていた。

有馬孝信は、新宿東署の署長室にいた。目の前には大島署長が座り、脇には刑事課の佃課長が立っている。

重苦しい沈黙だった。

釧路から帰ったあの日、帰宅した有馬の元に、署長は電話をしてきた。

「明日からしばらく、休暇を取れ」

「休暇、ですか？」

「そうだな。二週間もとれば十分だろう」

「待ってください、いったいなぜ……」

「これは命令だ」

有無を言わさぬ口調に、有馬は従うしかなかった。九条も休暇を取っているのだろうか。そもそも、飛行機の中で秋部が最後に口走った言葉の意味は——。

　九条に連絡する術を知らない有馬は結局二週間余りを無為に過ごし、そして今朝、再び署長から電話を受けたのだった。

「九条さんは、どうしたんですか」

　一分ほどあって、有馬はようやくそう訊ねた。

　大島署長は佃課長のほうを見た。佃課長が口を開く。

「家で療養中だ」

「療養中……現場に復帰するのはいつです」

「さあ、それはまだ、わからない」

　どういうことなのだろう。有馬は次なる質問を選びかねた。実際のところ、聞きたいことが多すぎる。

「九条さんは、何者なんですか？」

　総合的な質問を、有馬はぶつけた。大島署長の顔は変わらなかった。

「十二月四日、私と九条さんは、釧路に行きました」

「犯人の一人は、君の旧友だったそうだな」

「ええ。そして、もう一人は、その……【瞬間移動する力】を持つ者で」

「しっ！」

佃課長が唇に人差し指を当てた。

「有馬。滅多なことを口にするな」署長がなだめた。

「いいんだ、佃」

「続きを話したまえ」

「はい。赤坂署の大木という刑事だったのですが、彼が突然現れ、九条さんの顔面をピストルで撃ちました。九条さんの顔は砕けました。並みの人間なら、即死です。ところが九条さんは……、その後、普通にしゃべり、そして……」

その先を言うことはためらわれた。今まで幾度となく見てきたあの恐ろしい光景を、なんと表現すべきか。すると、大島署長は机の向こうから身を乗り出した。

「【悪魔の力】をもって、被疑者をひどい目に遭わせた。そうだろう？」

「ご存知なんですか」

署長は、ふっ、と笑った。

「有馬。飛行機の中での発砲なんて、とても大変な事件だ」

「ええ」

「その事件が、報道されたか？」

じっとりと嫌な汗が背中に浮かんだ気がした。なぜか、左手の甲が痛くなる。

「犯人が九条によってひどい目に遭い、この世から存在が消されてしまったことを、誰かが話題にしているか？」

「いえ……しかし、なぜ」

「私には答えることができない」

大島署長はそう言ってため息をついた。どこか、投げやりな態度にも見えた。

「事件が起こっている以上、警察は対応しなければならない。だが、不可解で不気味な、説明のしようのない件はもう、うんざりなんだ。関係部署とも話し合った結果、やはり、マルディーのことはマルディーにしかわからないという結論にいたった」

よく、言っている意味がわからなかった。

「……おい」

署長に言われ、佃課長は、はいとうなずく。机の上に置かれていた茶封筒を取ると、有馬に差し出した。

「何ですか？」

「今朝がた、神奈川県警から回ってきた事件だ。おそらく、マルディーと思われる。有馬、行ってこい」

「一人で、ですか？」

「何を驚いた顔をしている。お前はマルディーの担当だ」

「しかし……」

するとと署長はうなずくように顎を引いた。

「心配するな。先に事件の概況を見てきて、九条に相談すればいい」

「九条さんの居場所だってわからないのに」

「九条はかつて、八王子署の刑事課にいた」

署長は言った。

「そこの桐嶋という男に訊けば、住所くらいはわかるだろう」

椅子を回転させ、背中をこちらに見せる。もう、俺は何も言わないという態度だった。

3

浜岡がつきとめたアジトから姿を消していた清宮英彦が、市内の廃墟ビルにいるという情報が九条のもとに入ってきたのは、浜岡が撃たれてから二日後のことだった。清宮を使っていた竜樹会の筋から桐嶋が得てきた情報だった。組織のために預けた拳銃を、私怨を晴らすことに使って回っている清宮を、竜樹会としては許せずにいる。だが、腕の立つ清宮を襲い、構成員の命が無駄に散ってしまうことも避けたい。そこで組織は、警察に情報を流すという形で清宮のことを切り捨てたのだ。

「やっぱり、本部に言うべきですよ」

桐嶋は言ったが、九条は聞かなかった。清宮は銃弾も十分に持っているという情報がある。もしアジトが捜査本部の知るところとなれば、捜査員が大挙して向かうことになり、新たな犠牲者が出るかもしれない。それに、九条には、絶対に一人で行かなければならない理由があった。

他の誰にも情報を流すなと桐嶋に強く言い含め、九条は夜を待った。車に乗り、情報にあった廃墟ビルへ着いたのは、午後十一時をすぎたときだった。

一階には《ナガタデンタル》という古びた歯医者の看板、二階にはカラフルだが読めない看板があった。扉は閉ざされ、ベニヤ板が張られている。外階段は、ビルの裏手にあった。清宮が潜んでいるのは、四階ということだった。なるべく足音を立てないように、薄汚れた階段を上っていく。扉に手をかけると、鍵はかかっておらず、外側に開いた。

懐中電灯で闇の中を照らすと、古い段ボールと洋服やアクセサリーが散乱していた。古着屋の倉庫のようだった。

「警察だ。清宮、いるか」

声をあげるが、空しく響くだけだった。ポケットの中の手錠を確認し、進んでいく。

……と、明らかに荷物類がどかされて開けたスペースがあった。コンロと鍋、食べ散らかされた弁当殻やカップ麺の容器がある。

そのとき、どこかで走る足音がした。懐中電灯を向ける。階段室があり、そちらのほうに逃げる足が見えた。九条は追った。

「待て、清宮！」

階段室へ入り、階段を一歩上がった瞬間、閃光と共に銃声が耳を貫き、九条の体は吹っ飛んだ。

懐中電灯は手を離れ、目の前には闇しかない。胸が、焼きごてを当てられたように熱くなり、綿を口に詰められているように息が苦しい。

ごぽっと、音がして、口から液体が出た。

心臓が苦しんでいる音が、耳のすぐそばで聞こえる気がする。

血の臭いが充満していく。

気味の悪い笑い声がして、こつこつと階段を下りてくる足音がした。

「俺相手に一人で来るなんて、大した度胸だな」

「きよ……み……」

声にならなかった。清宮の笑い声が、廃墟じゅうに響いた。

「兄貴の無念を晴らすために、俺は生きてきたんだ」

再び銃声と光。九条の体が跳ねる。

「邪魔(じゃま)する奴は、やくざだろうが警察だろうが殺すだけだよ」

体が痙攣(けいれん)している。撃たれた箇所(かしょ)は熱いのに、手足は寒い。やがてその感覚すらなくなっていき――、九条は深い闇の中に落ちた。

――清宮の笑い声が聞こえた。……今しがた、遠くなっていったばかりの声が、うるさいくらいに。

九条は、手を動かし、清宮の足首を摑(つか)んだ。

「えっ？」

清宮が驚く顔が手に取るようにわかった。

「やめ、やめろ、こいつ！」

銃声が四発、立て続けに響く。背中に衝撃を受けるが、痛くはない。九条は清宮の足首から手を放し、ピストルを摑んで立ち上がった。

「なんだよ……。なんなんだよ、お前！　なんで死なねえんだよ……」

相手の足が震えているのがわかった。九条は清宮の肩に手を置く。

「よくも、俺の相棒をやってくれたな」

顔を近づける。恐怖にあえぐ息づかいを、頬で感じた。

「た……たすけ……て」

九条は清宮の右手を摑み、ポケットから取り出した手錠を、その手にかけた。

4

横浜市神奈川区にある八階建ての賃貸マンション《Gハイムミナト横浜》に有馬が着いたのは、午前十一時のことだった。JR横浜駅から徒歩十分という立地にありながら一か月の家賃が七万円と手ごろで、学生も多く住むマンションだそうだ。

「現場は、遺体と食べ物と発火装置以外はそのままになっていますから」

有馬を案内して階段を上がりながら、横浜署の鴨上という若い巡査はそう言った。

「不審死を遂げた遺体というのは何回も見たことがあるんですけど、ああいうのは初めてですね」

死んでいたのは部屋の借主である三十歳の男性、和田窪充太郎。昨晩午後七時過ぎ、階下の301号室に住む専門学校の学生が「上の階から水が漏れていて、部屋のインターホンを押しても誰も出てこない」と管理会社に連絡した。このマンションには管理人は週に三度、しかも朝の八時から午後六時までしかいないのだった。駆け付けた管理会社の職員がまず管理人室に入ると、階上の401号室でスプリンクラーが作動していることがわかった。

職員は301号室の学生を伴って四階へ行き、制御盤を開けてバルブを閉めた。これでスプリンクラーは停止したはずだと、改めて401号室へ行き、インターホンを押したが誰も出なかった。

試しにドアノブを握ってみると、鍵がかかっていなかった。そこで室内へ呼びかけてからドアを開けた。すると、水浸しの室内にテーブルと椅子が置いてあり、出入り口に背を向けるようにして遺体が座っていたというのだった。

「ごくろうさまです」

現場の前で立哨中の制服警官に敬礼をすると、鴨上は扉を開いた。

有馬の目にまず飛び込んできたのは、散らかった床だった。新聞紙やチラシ、コピー用紙に未使用の便せんなど、玄関にあふれるほどに散らばっており、床が見えないくらいだった。部屋の広さはせいぜい六畳といったところだろう。右手にキッチン、正面にカーテンのかかった窓と、テレビ台と小さな本棚。左手にクローゼットがあり、ドアに近い位置にバスルームがある。学生や単身者が住むような、典型的なワンルームだ。

部屋の中央にテーブルと椅子が二脚ある。被害者が座っていたのは玄関に近いほうだ。

その椅子の脚元にも紙は散乱しており、緑色のタオルハンカチが一枚落ちている。

「カバーをどうぞ」

鴨上が差し出してきた使い捨てのビニールカバーを靴を履いたまま装着し、有馬は部屋へ入った。何とも嫌な臭いが鼻をついた。

「衰弱死、とあったが」

「ええ……」

鴨上は困ったような顔をした。

「平たく言えば、餓死です」

署長から渡された資料にもそのことは書いてあった。遺体は、死後二週間から三週間経過しており、管理会社の職員と３０１号室の住人によって発見されたときには、半分干からびたような状態だったというのだ。資料に添えられていた写真を見たが、確かに無残な状態であり不審点が多かった。

「これが発火装置になります」

部屋の隅に敷かれたブルーシートの上に置かれている物を、鴨上は指さした。ノートパソコンと二本のコード、それに、針金がついたプリンの容器がある。容器の中は焦げていた。

「あらかじめ時間が来たらコードの先に火花が継続的に出るように設定されていました。コードの先はプリンの容器の中にあり、容器の中には脱脂綿とマグネシウムリボンが入れられていたようです。発見時、プリンの容器は、針金とガムテープであれの数センチ真下に吊り下げられていました」

鴨上の視線の先を見ると、テーブルの真上にスプリンクラーがあり、天井にガムテープをはがした跡がある。

「タイマーが設定されたのはいつだかわからないのか」

「それはわかりませんが、日付と時刻まで設定できるもので、数か月前からでも設置は可能だった模様です」

日付指定で発見されるように仕組んだということだ。有馬は資料添付の写真を一枚取り出した。

「これは、このテーブルの上にあったものだな？」

違う種類の五つの弁当箱が並んでいる。すべて、白飯は黴び、惣菜は腐って変色している。

「弁当です」

「わかっている。なんでこれを目前に、餓死していたんだ」

「それがわからないから、頭を抱えているんです」

鴨上はいよいよ不安げな目をしていた。

「いずれも全国の有名な駅弁です。一か月ほど前に横浜駅近くのデパートで『全国駅弁大会』が行われていたということで、そこで購入されたものかと」

たしかにそれなら、死亡時期とも合致する。それにしてもまだ不可解な点がある。有馬は二枚目の写真を、鴨上に見せる。遺体の写真だった。下半身には大人用の紙おむつを穿き、上半身は裸だが、首には、離乳食を食べはじめた幼児が使うようなプラスチックのエプロンを着けているのだ。

「なんだ、これは」

「赤ちゃんの格好です」

「それはわかっている。なぜこんな状態で死んでいるんだ」

「それがわかれば、こんなに悩みませんよ」

赤ん坊がそのまま成長してミイラになったような遺体……不可思議を極める。有馬には〝悪魔の星〟を見ることができないが、たしかに悪魔の影を感じた。

〝悪魔の星〟――この事件が【悪魔の力】によるものだとしたら、やはりそれは出たに違いない。出るのは、「【悪魔の力】によって人が殺められたとき」だと九条は言っていた。和田窪は死後二週間から三週間経っている。秋部の事件以前、横浜で〝悪魔の星〟が出たと九条の口から聞いたことはない。

この死体が死んだのは、十二月三日以降だということだ。……九条は、〝悪魔の星〟を見ただろうか。

「被害者の仕事は、ライターとあったが、具体的には？」

「グルメ関係の本を書いていたようですね。そこに何冊かありますよ」

鴨上はテレビの脇の本棚へ近づいて何冊か取り出し、有馬に手渡す。『わだじゅう、横浜を食べつくす』『わだじゅうの、食い倒れ上等大阪旅』『わだじゅうのアジア横断(おうだん)グルメジャーニー／インドネシア編』――いずれも表紙には、生前の被害者と思われる男性が、食べ物と共に写っている。

「その『インドネシア編』が売れ行き好調なようで、今度は第二弾を書くため、中国からベトナム、カンボジアにかけて長い旅行をすると友人や仕事仲間、同じ階の住人に話していたそうです」

鴨上はポケットから取り出したメモに目を落とし、言った。

「十一月二十日を最後に誰とも連絡を取っていないのですが、いよいよ出かけたのだろうと友人たちは思っていたみたいですし、誰も気にしなかったようですね。一人旅が好きで出発はいつも急だったし、本ですべてを発表するために、旅行中はSNSを更新しないという習慣があったようで」

有馬はクローゼットを開けてみた。年季の入ったリュックサックがあった。肩ひもの色と形状から、さっきの本の表紙で、彼が背負っていた物とわかった。中身はほとんど空（から）で、とても旅行を間近に控えているようには思えなかった。

「上司の中には、アジアでヨガにはまったんじゃないか、それで餓死しちまったんじゃないかっていう意見もあって」

「グルメとヨガは対極にありそうだな」

「即身仏（そくしんぶつ）になりたかったんじゃないかっていう上司もいますよ」

「即身仏がタイマーを使ってスプリンクラーを作動させるか」

「ですよね。本当に、訳（わけ）がわからないです。……マルディーっていつもこんな感じですか？」

「いや」

「あ、そういえば、マルディーって二人で来るって聞いていたんですが」

有馬は鴨上のほうを見た。自分でも気づかないうちに険しい顔になっていたのかもしれない、鴨上は恐縮した様子で「すみません……」と謝った。

「いや、いいんだ。もしマルディーだとしたら、犯人は被害者の和田窪に強い殺意を抱いていたことが考えられる。そういった人物は挙がっているか？」

鴨上はメモ帳に目を落とす。

「同じ時期にグルメライターとしてデビューした畠山啓という男がいます。共著を出す予定だったのですが、関係がこじれてその話がなくなったのだとか。実は和田窪の本にはいくつか、和田窪本人は取材しておらず、畠山の原稿を横取りしたものが使われているんです」

「盗作ということか？」

「盗作というか、まるまる盗んだみたいですよ。でも畠山は何か弱みを握られているらしく、訴えることを避けていたみたいで。酒の席で和田窪の悪口を言っているのを、複数の知人が聞いています。『あいつは教養も倫理もまったくない。手癖の悪い子どもみたいなやつだ』と発言したという情報もあり、和田窪を赤ん坊に見立てたのは、その屈折した恨みからじゃないかと言う同僚もいますが……」

「子どもと赤ん坊じゃ、ニュアンスが違うな」

「私も、そう思います」

「他に、容疑者の候補はいないのか」

「もう一人、いないこともないんですが……こっちはどうでしょうね」

「誰だ」

「石部佐代子という女性です。彼女には山梨の高校に通う美代子という妹がいたんですが、その子と和田窪が付き合っていたんです」

「高校生と付き合っていたのか」

「和田窪のほうは遊びのつもりで、半年前に別れを告げたんですが、美代子はそれに絶望して自ら命を絶ってしまったということです。姉の佐代子は横浜市内の服飾専門学校に通っていましたが、妹の自殺にショックを受け、実家に引き上げてしまいました。聞き込みにいった刑事の話では、ただただ妹の死に落ち込んでおり、和田窪への恨みは感じられなかったとのことです」

「二人のアリバイは？」

「アリバイっていっても、そもそも和田窪がこんな目に遭ったのがいつかわかりませんからねえ。ただ、畠山が住んでいるのは横浜市内の西区ですが、石部が住んでいるのは山梨県の身延町です。動機の点からも、現場への距離や被害者との親しさという点からも、畠山のほうが怪しいのではないかと、署内では言われています」

いずれにせよ、犯行の方法がわからないのでは、手の付けようがない。有馬は写真の中の腐った弁当を、忌々しく眺めつつ、八王子へ行くことを考えていた。

5

シャワールームから出て、鏡に映った裸身を見る。もう血は出ていないが、胸にはしっかりと銃弾の痕が二つついていた。弾は二つとも指で出したが、痕は消えることはないだろう。それにしても、ぴったり心臓の位置だ。清宮がかなりの腕前だったことをあらためて感じる。きっと背中にも同じ銃弾の痕がついているのだろう。

撃たれたときの衝撃、波打つ鼓動ととめどなく流れる血液、痙攣する四肢……思い出して身震いしそうになった。だが、案ずることはない。二度と死ぬことはないのだ。

服を着て、リビングに行き、ソファーに座ると同時に、ローテーブルの上の携帯電話が震えた。桐嶋からだった。

〈もしもし、九条さんですか〉

緊迫した声だった。

「どうした、まさか、取り逃がしたか？」

清宮は、内階段の手すりに通した手錠を両手にかけたまま、廃墟の中に置いてきた。血まみれの姿を見られたら面倒なことになるので、その場で桐嶋に連絡し、確保するように伝えて現場を離れた。そばの茂みにかくしておいたロングコートを羽織(はお)ってタクシーを拾い、帰宅してきたのはつい二十分ほど前のことだ。

〈いえ、清宮は無事、逮捕しました。それより、九条さんは大丈夫なんですか。現場の廃墟に、ものすごい量の血が……〉

やはり気づいたか。暗いから気づかないかと楽観的に考えていたが、暗いと思っていたのは自分が懐中電灯しか持たなかったからで、清宮が手錠をかけられていると知っていたら相応の照明を持っていくだろう。自分が気づかなかったほどの量の血に、彼らが驚いても仕方がない。

〈清宮のやつも、確かに九条さんの心臓を撃ったと言っていました。でも九条さんは一度倒れて、再び起き上がったと〉

「急所は外れた。大丈夫だ」

〈今、どこなんです？　病院ですか？〉

面倒な追及をするやつだ。

「心配するな」

九条はそれだけ言って、電話を切った。

「どうだ、気分は」

不意に声がして、振り返るとあの白い悪魔が立っていた。

「不思議なほど調子がいい。何なら今から署に出向いて、あいつの取り調べをしたいくらいだ」

「やめておけ。奇異な目で見られるだけだ」

白い悪魔は、ソファーを回り込んできて、九条の隣に腰かけた。

「忘れるな。あいつに心臓を撃たれたあの時点で、貴様は死んだ」

「わかっている」

――二日前、浜岡の横たわる病室で九条がこの悪魔から授かったのは【死んでなお、自由に動ける力】というものだった。拳銃を持つ清宮を捕まえるには、いっそのこと一度銃弾に倒れてしまったほうがいい。白い悪魔のその提案に、九条は乗ったのだ。生涯最良の相棒にして最良の友人である浜岡を失った九条にとって、生に未練などなかった。

「私との約束を、忘れていないな」

「ああ……」

九条はこの力を授かるにあたり、白い悪魔から一つの条件を与えられていた。

「気を抜くな。今夜にも〝悪魔の星〟は現れるかもしれん」

「なあ、一つ訊き忘れていたが、その〝悪魔の星〟の真下というのは、本当にわかるものか？　すごく遠くで起きる場合もあるのだろう」

「眠るがよい」

白い悪魔は、まるで神託のように、九条に告げた。

「貴様は必ず、宙を飛ぶ夢を見る。自ら動かずとも、貴様の体は〝悪魔の星〟に向かって飛んでいく。貴様はその真下の地点がどこか、見極めることができるだろう」

「至れり尽くせりだな」

冗談めかしてみたが、戦慄はぬぐえなかった。信じられないことばかりだ。心臓を撃たれたのにこうして動けているのがもう信じられないのだ。これ以上、考えないようにしよう。

「それからもう一つ言っておく。貴様はこれから、人間としてあるべきものを次第に失っていく」

「人間としてあるべきもの？　なんだそれは」

「人間らしさとでもいうべきか。安心しろ。思考力や言語能力、記憶力などはそのまま

「まさか、体が腐っていくわけじゃないだろうな」

「多少の変色はあるかもしれないが、見た目は生きている人間と変わらない。栄養は摂らずとも生きていられる。生理現象はほとんどない。その点は、便利だというべきかもしれない」

なんだか、自分ではないようだった。喪失感があるような気もしたが、もうどうでもいいという気持ちもどこかにあった。

「もとより、死んだのに動いている時点で人間とは呼べない。人間らしさなどに未練はないさ」

「殊勝な心掛けだ。悪魔は『健闘を祈る』などとは決して口にしない。せめて、貴様の前に立ちはだかる者どもの運命を呪ってやる」

まるで煙草の煙のように、悪魔は九条の前から消えた。

もう一度、窓外に目をやる。〝悪魔の星〟とやらは、本当に出てくるのか。

「人間らしさを失う、か」

九条はつぶやき、ベッドへと向かう。浜岡のもとへ行くのは、まだ先になりそうだった。

6

九条の住まいが八王子にあると知ったとき、有馬は驚いた。新宿東署から八王子までは車で一時間、電車を使っても一時間半はかかる。九条が車を運転するとは思えないので、いつもその距離を電車で来ているのかと思ったからだった。だが、署長が言うには、九条は有馬と組むようになってからホテル暮らしをしていたとのことだった。それが、釧路から帰った日、八王子に戻ると署長に告げると、本当に帰ってしまったのだという。

横浜で起きた和田窪充太郎の事件について有馬は、犯人はおろか、その手段すらわからなかった。食べ物を目の前に、おむつとベビーエプロンという姿で餓死した男。発見時期を指定するように設置されたタイマー付き発火装置。いったい犯人はどういう意図で、そしてどういう方法で、和田窪を死に追いやったのか。

有馬はまず車を八王子署まで走らせ、大島署長が言っていた桐嶋という刑事に面会を求めた。

「ああ、あなたが新宿東署の有馬さんですか」

現れたのは、有馬と同じくらいの歳の刑事だった。髪型には気を使っているらしく、刑事にしてはさわやかな印象だ。

九条のマンションなら知っているというのでついてきてもらえないかと頼むと、桐嶋は顔をしかめた。

「九条さんか……、会いたくないなあ」

「何か、あったんですか？」

少し間をあけた後、ためらいがちに桐嶋は話しはじめた。

「九条さんって、とっても人情味のある上司だったんですよ。俺もすごく尊敬していました」

信じられない言葉だった。九条から「人情味」などという言葉が有馬には想像できない。

「あるとき、管内でピストルを使った連続殺人事件が起きました。九条さんの相棒だった浜岡さんという人がそいつに撃たれて殺されました。九条さんは自分のせいだと悔やみ、病室の浜岡さんの前で何時間もすごしていました」

やっぱり想像できない九条の姿だ。

「その殺人犯を捕まえたときから、九条さんは変わってしまったんです。げっそりとやせ細り、目はぎょろりとして、瞬きはしない。笑いも怒りも悲しみもしなくなり、話しかけても余計なことは一切話さず……」

「そっちのほうが、九条さんらしいけど」

思わずそう言った有馬の顔を、桐嶋はやりきれなさを含んだ目で見つめ、首を振った。

「ある日、九条さんは俺らの職場から姿を消しました。『マルディー案件』という不可解な事件が各地で起こりはじめたのはその時です。管内でもし『マルディー案件』が起きた場合は、新宿東署から二人組が来るから捜査協力を惜しまないようにと、お達しがありました。その二人組のうちの一人が九条さんであることを知ったのは、だいぶ後になってからです」

「九条さんに、何があったのか知りませんか」

「知りません。会いたいなら、住所は教えます。ですが、お一人で行ってください。俺らの仲間はもう、九条さんには会わないと思います」

桐嶋が教えてくれた住所には、外壁のひび割れた古い集合住宅があった。十階建てだが、エレベーターはない。有馬はその階段を上っていた。九条の住まいはこのマンションの八階だという。

803号室の前に立つ。昔ながらのマンションの重い鉄扉だ。表札には、かすれそうなマジックの文字で「九条」とあった。インターホンを押すと、どこか懐かしさを感じさせるチャイムが室内に響くのが漏れ聞こえた。しばらく反応がなかったので、もう一度インターホンを押そうとするとノブが回り、ドアが開いた。

テレビドラマの銀行強盗が被るような目出し帽で頭部を覆い、大きなレンズのサングラスとマスクを装着した顔が出てきた。

「九条さんですか?」

ぎょっとしながら訊ねると、目出し帽の頭はゆっくりとうなずいた。

「銃創を隠そうというわけですか」

「なんだ」

その声で、ようやく九条だと確信が持てた。妙なことだが、有馬は安心感に似た気持ちを抱いていた。

「ちょっと、ご相談があって」

「療養中だ。聞かなかったか」

「療養って、いつまでです?」

九条は黙ったままだった。長い沈黙の後、彼は腕を伸ばしてドアをさらに開いた。

「入れ」

有馬は「ありがとうございます」と頭を下げ、その部屋へ足を踏み入れた。

1LDKで、予想以上に片付いた部屋だった。リビングには茶色のラグの上に揺り椅子が一つ。棚やテレビなど、家具の類はまったくない。リビングとつながった奥の部屋は寝室になっているらしく、カーテンが引かれた窓の手前にベッドが置いてある。そばには洋服掛けがあり、同じデザインの黒いシャツがいくつもかけられていた。驚くべきはキッチンだ。シンクの周りには食器籠や洗剤といったものはなく、コンロの上に鍋の類もなく、冷蔵庫がなければ、売り出し中の物件かと思うほどだった。料理はしないのだろうか。

……そもそも、九条が何かを食べているところを見たことがない。

「何を黙っている」

その目出し帽の顔をまじまじと見ていると、九条が言った。

「相談とはなんだ」

「あ、いえ……」

カバンの中から捜査資料を取り出した。

「昨晩横浜で、餓死した遺体が発見されました。死んだのは二週間ほど前と考えられるそうです。不可解な状況がいろいろあってマルディーに回ってきたんですが……」

有馬は九条の顔を見る。概況の説明の前に、やはり訊いておくべきだろう。

「二週間前といえば、釧路の事件があった頃です。あの後、横浜のあたりに〝悪魔の星〟

が出ているのを、見ませんでしたか？」

九条はだまったまましばらくじっとしていたが、「しまえ」と言った。

「はい？」

「しまえと言っている。私はもう、捜査はしない」

何を言われているのか、わからなかった。

「どういうことですか」

「私は捜査はしない。警察もやめ、あとはこの部屋で過ごすだけだ」

九条は揺り椅子に腰を落とし、背もたれに体を預けて腹の上で指を組んだ。

「ちょっと待ってください。どうなるんですか『マルディー案件』は」

「貴様一人でやれ。私のことなど構うな。それしか用事がないならすぐに出て行け」

いつにもまして突き放すような言い方だった。こうなったら意志が変わらないのを、有馬はすでに知っていた。しかし、言われた通りに今部屋を出て行けば、おそらくもう、二度とこの人には会えないだろう。

決して付き合いやすい上司ではない。そして、刑事として見習うべき点もあまりない。

だがこのまま九条と別れることは自分にとって喪失だと、有馬は強く感じた。

「ここへ来る前に、八王子署の桐嶋という刑事に会ってきました」

少し考えたあとで、有馬はそう切り出した。

「九条さんはとても人情味のある上司だったと彼は言っていました。それが、相棒の浜岡さんという刑事を殺した犯人を捕まえて以来、人が変わってしまったと」

もともとあまり反応のない九条だ。目出し帽にマスクにサングラスでは、その顔の変化などわかるはずもなかった。

「九条さんが出て行けというなら、出て行きます。でも、その前に教えてもらえませんか。九条さんに何があったのか。どうして『マルディー案件』を解決して回ることになったのか。そして、なぜ相棒として、まったく関係ない署の俺を指名したのか」

九条は十秒ほど黙っていたが、ゆっくりと立ち上がり、奥の部屋のクローゼットを開けた。布の張られた、円柱状の椅子を持ってくると、揺り椅子のそばに置いた。

「座れ」

有馬は安心し、「はい」とその椅子に座った。九条はゆっくりと揺り椅子に戻り、そして語りはじめた。

「少し前、清宮英彦という男が、八王子市内で発砲殺人事件を起こした。清宮は暴力団の下部組織『竜樹会』の手先であり――」

7

白い悪魔が言っていたことは、清宮逮捕の翌日から九条の身に起きた。朝起きて鏡を見ると、頬骨と目が出ていて、顔つきが少し変わっていた。空腹感はまったくなかった。職場へ行き、顔見知りに挨拶(あいさつ)をされても、返す気にならなかった。

「九条さん、昨日は大丈夫だったんですか?」

桐嶋が訊ねてきた。何と答えようかと考えることすらしなかった。ただその顔を見つめ返していると、桐嶋はやがて奇妙な物を見たように顔を歪め、「すみません……」と頭を下げた。

報告書の作成などは以前と同じようにできる。だが、どうも人との関わりが以前のようにはできなくなったようだ。以前、どうやったのかも忘れてしまった。感情もわいてこず、笑うことも怒ることもなくなった。同僚や上司、部下が九条から離れていくのに時間はかからなかった。

白い悪魔の言っていた〝悪魔の星〟を初めて見たのは、清宮を逮捕した二週間後のことだった。部屋にいると、東向きの窓がやけにざわついているような気がした。窓を開けてみると、はるか向こうに、紫と黒を混ぜ合わせたような、なんとも陰鬱な色の玉が蠢いていた。

「わかっただろう」

背後に、白い悪魔が現れた。

「今宵、あの下で何者かが【悪魔の力】をもって殺人を実行した。正確な位置は貴様の夢が示してくれるだろう」

九条はその日、夢の中で空を飛んだ。飛んだというより、空に蠢く〝悪魔の星〟に体が吸い寄せられていったと言ったほうが正確だった。〝悪魔の星〟の真下は、住宅街だった。目が覚めてから、そこへ行くべきかどうか、九条は迷った。一歩踏み出すのがためらわれた。まるで自分が悪魔になってしまったかのような感覚だった。自分にもまだ迷いや恐れという人間らしさが残っているのだと思った。

一週間が経ち、被害者は四人に上った。その事件については、報道もされていたし、もちろん八王子署内にも情報が入ってきていた。永邦学園という名門高校の生徒ばかりが立て続けに長い刃物で殺されているというのだ。九条は事件が起こるたびに夢で〝悪魔の星〟に吸い寄せられていたため、その場所まで正確に知っていた。

四件目の殺人が起きた次の日の朝のこと、再び白い悪魔が現れた。

「貴様、なぜ動かない？」

悪魔に染まるのが怖い、と正直に言うことはできなかった。また、八王子署の刑事課に所属する自分が管轄外の事件に首を突っ込むなど許されないのではという、ひどく俗世めいた気持ちが、九条を思いとどまらせた。

「約束を忘れたわけではないな」

黙っていると、白い悪魔は迫ってきた。

黒い悪魔に【悪魔の力】を授かった者が起こした殺人事件を、一〇〇〇件暴く――これが、【死んでなお、自由に動ける力】と引き換えに九条が引き受けた条件だった。

再び黒い悪魔と一緒になり、深い安らぎの眠りにつくには、私は一〇〇〇匹の魔獣を葬らなければならないと、白い悪魔は言った。魔獣は、【悪魔の力】と共に人間の中に植えられる悪魔の種から生じるもので、【悪魔の力】を使って殺人を犯したことを暴かれた場合にのみ、実生する。九条はその手伝いを任されたというわけだった。

「もう一度言うが、私が眠りにつかぬ限り、貴様に与えられた【悪魔の力】が消えることはない。貴様は死者のまま、意識は存在を続ける。たとえ他の人類が滅びようとも、永遠にだ。それでもいいのか」

九条を見つめ、白い悪魔は言った。

「当然、向こうの【悪魔の力】による殺人事件も起き続ける。貴様は永劫、それを見続けることになる」

九条は、腰を上げた。

渋谷区の捜査本部はもちろん九条を拒絶した。ところが追い返そうと屈強な捜査員が九条の体に触れた瞬間、九条の傍らに現れた白い悪魔がその手を引っ掻いた。捜査員は「いてえ！」と手を押さえ、その場にうずくまった。他の人間に白い悪魔が見えていないことを、九条はそのとき知った。

捜査本部は九条の言う通りに捜査員を一人つけた。九条は捜査情報を洗い、一人の男子生徒に注目した。学校の授業時間が終わるまで待とうという気は起きなかった。学校へ出向き、彼を教室から引っ張り出し、彼の殺人行為を暴いた。

件の男子生徒は【舌の形状を自在に変える力】を授かっていた。それによって、自分より成績のいい同級生を、通り魔に見せかけて殺していたのだ。

九条の暴いた真相を聞いて、男子生徒はけたたましく笑いはじめた。

「邪魔する奴を消して何が悪いんだ。俺がトップだ。おれがおれがおれが」

そう叫ぶ彼の顔の皮膚は、人間とは思えない色になっていた。口が耳まで裂け、目は白熱灯のような光を放っていた。これが魔獣なのかと身構える九条に、武器である舌の先は剣のように尖り、迫ってきた。九条は避け、次の瞬間、まるで導かれるようにその魔獣の舌を掴んでいた。鉄のように硬かったが、力を込めるとぐにゃりと柔らかくなった。手を離すと、まるでプロペラのように、舌は回り始めた。魔獣は両手でそれを止めようとしていたが、言うことを聞かないようだった。やがて舌は再び先端を尖らせたかと思うと、魔獣の腹めがけて垂直に突き刺さった。魔獣は斃れ、そのまま消えた。

はっと我に返り、振り返ると、相方の捜査員が腰を抜かしていた。九条自身も信じられない光景だったが、どこかで魔獣を倒した達成感もあった。

八王子の部屋に帰宅すると、白い悪魔が出た。

「あと九九九匹だ」

疲れなどとうに感じない死人になったはずなのに、九条はベッドに倒れこんだ。

「また、あきらめるなどと言うのではあるまいな」

白い悪魔は九条の顔を覗き込んでくる。

「いや。運命として受け入れることにした。だが、周りを巻き込むのはどうにかならないものか」

「何？」

「今日、共に捜査をした捜査員。あの男は見たことを捜査本部に語るだろう。悪魔の存在を警察が公にすることはないだろうが、いつか民間人に見られたら、社会が混乱する」

「【悪魔の力】を得ていながら社会のことを気にするとは、殊勝なことだ」

「動きにくくなる可能性があるということだ。せめて警察の者以外に、悪魔の存在を見せないことはできないか」

白い悪魔はうなずいた。

「貴様の前にも一人だけ、黒い悪魔より【悪魔の力】を授かるのを拒んだ人間がいたと言ったのを覚えているか」

「ああ」

「私は貴様と同じく、その人間の前に姿を現した。その人間は、貴様とは違うほうの力を選んだ」

「なんだって」

九条は浜岡の病室で白い悪魔にメニューを見せられたときのことを思い出していた。もう一つの力とは……。

「その人間と組めばいい。幸いなことにやつも、貴様と同じ警察なる組織にいるようだ。名を、有馬孝信という」

8

「そんな！」

有馬は声を上げた。

「俺は、会ったことがありません。そんな、悪魔になんて……」

有馬は首を振った。信じられない。

「覚えていないのだろう。それが、貴様が悪魔に会ったことのある最大の証左だ」

目出し帽とサングラス、マスク姿の九条は訳のわからないことを言う。しかし、どれだけ記憶をほじくり返しても、悪魔に会った記憶など出てこなかった。

ふいに、白い影が、揺り椅子の向こうに現れた。

「えっ……」

顔を上げると、そこに信じられないものが立っていた。つるんとした頭、黄色い目、頬まで裂けた口。真っ白の全身には布一つまとっていない。

「悪魔？」

その名が口をついて出たとたん、有馬の頭が痛くなった。

やっぱり、会ったことがあるのか……？　しかし、どこで……。

あのときだ。山中湖の事件が解決したあと、九条とすれ違うように近づいてきた白い影。……いや、と、もう一人の自分が言う。もっと遥か昔から、俺はこの異形の者の存在を知っている。

「何度でも記憶を復活させてやる」

それは、有馬のほうへ右手を伸ばしてきた。明らかに、人間より長い腕だった。指が四本しかないので、人差し指と呼んでいいかどうかわからないが、とにかく一番長い指を有馬の額に当てる。

「見て、もう一人を説得しろ」

ぐがん、と音がして、何かがその指から発射された。有馬は無抵抗のまま、その指から放たれる衝撃を受けた。ぐらりと体がよろめき、床に手をつく。

そこは九条の部屋ではなかった。ひび割れたコンクリートの地面、壊れた木箱、壁際に積まれた汚いサンダルの山、鉄筋の柱、スプレーで落書きのされたシャッター、薄汚れたガラス窓の向こうに見える山々……懐かしい、小・中とよく遊び場として使っていた、廃工場の中だ。

「おい、早く来いよ」

「ああ」

二人の学生服姿の少年が入ってきた。とっさに身を隠そうとしたが、二人には有馬は見えていないようだった。背の高いほうは、秋部豊正だ。そしてもう一人のほうは、有馬自身だった。制服から、中学生の頃だとすぐにわかった。

「これだよ」

秋部少年はカバンの中から、古びた一冊の本を取り出し、付箋の貼られたページを開いて有馬に見せる。有馬少年はしばらくそれを見ていたが、「……読める」と信じられなさそうにつぶやいた。

「だろ！」

秋部少年は興奮したように本を床に置いた。二人は、秋部少年の持参したろうそくを本の周囲に並べていき、火をつけた。

「いいか。真面目に、敬虔な気持ちで」

「わかった」

秋部少年の念押しに有馬はうなずく。二人は本に目を落とし、呪文を唱え始めた。初めは何も起こらなかったが、次第に窓の向こうが暗くなっていく。風がシャッターを揺らし始める。二人は何かにとり憑かれたように呪文を唱え続ける。

びゅうと冷たい風が吹き、ろうそくの火が消えた。けたたましい笑い声と共に、人魂(ひとだま)のような鈍(にぶ)い光が灯(とも)る。少年たちは腰を抜かしており、開かれた本の上に、それは載っていた。形は先ほど九条の向こうに立っていた悪魔に似ているが、色が真っ黒だ。

「やっと解放されたわ。これで思う存分暴れられる」

「あ、あなたは……？」

秋部少年が問うた。

「やあね、あんたたちが蘇(よみがえ)らせてくれたんでしょ、悪魔よ」

「悪魔？」

「そう。ねえあんたたち、誰か、殺したい相手、いる？」

二人の少年は顔を見合わせ、また悪魔のほうを向いて首を振った。

「何よ、つまんないの。まあいいわ。復活させてくれたお礼に、この先あんたたちがすごく殺したい相手ができたときには、必ずあんたたちの前に現れる。私が授ける【悪魔の力】は使いようによっちゃ、何よりも強い者になれるんだから」

まだ目の前のものが信じられないという顔をしていたが、やがて秋部少年は声を立てて笑いはじめた。

「そりゃ、すげえ。俺に歯向かう者はいなくなる。馬鹿にされることもなくなる」

「あら、あんた、とってもいい顔ね。特別に優先的に現れる資格をあげるわ。おでこを貸しなさい」

秋部少年が顔を差し出すと、悪魔はその額に指を当て、何かを書き記した。

「おでこを触りながら祈ってくれたら、飛び切りの【悪魔の力】を揃（そろ）えて現れるから。さあ、お友だちも、額を出して」

「……いらない」

有馬少年は首を振った。

「どうしたのよ、【悪魔の力】は、人の想像を超える、ものすごい力なのよ。工夫すれば、誰にも知られずに嫌な奴を殺せるの」

「俺はこの先、誰も殺したいなんて、思わない。消えろ！」

その言葉に悪魔はふん、と鼻で笑った。

「いいわ、あんたは。こっちのお坊ちゃんがいつか呼んでくれることを期待しましょう」

と、秋部少年のほうを見る。

「でもあんたも気をつけなさい。邪魔する者も現れるかもしれない。古来悪魔は、邪魔され続けてきた存在だもの」

悪魔は一方的に言うと、大口を開けて笑いながら消えていった。

「すごいぞ。なあ、すごいぞ」

秋部少年は興奮して、有馬少年の肩を叩く。

「【悪魔の力】だって。なあ。いつでも現れてくれるって。なあ」

すでに何かにとり憑かれているような口調だった。有馬少年の反応が思い通りでないと見るや、秋部少年は本を拾い上げ、「すげえよ、すげえよ」と一人で興奮しながら工場を出て行った。

有馬少年はしばらく、何をするでもなくそこにいた。

「おい、貴様」

低い声が響き、有馬少年と、一連の光景を見ている有馬ははっとする。先ほど悪魔が立っていたところに、白い悪魔が立っていた。

「また出た」

有馬少年が後ずさると、白い悪魔は「あいつとは違う」と吐き捨てた。

「あいつと対の存在だ。私は穏(おだ)やかに眠っていたかった。なぜ私たちを眠りから解き放った?」

「す、すみません」

「また眠りの世界に戻るには、あいつを伴わなければならぬ。しかし、それには、一〇〇

○匹の魔獣を退治せねばならない。貴様、私の眠りのために戦うか、逃げるか、どちらかを選べ」

白い悪魔はどこかからメニューのようなものを出すと、有馬少年に見せた。

「【死んでなお、自由に動ける力】？」

「貴様がもし、【悪魔の力】を授かった人間と戦うというなら、この力は確実に役に立つだろう」

「【悪魔の力】を授かった人間と戦うなんて。すみません、勘弁してください」

有馬少年は、見ている有馬が情けなくなるくらいの声でそう言った。

「そうか。では、逃げるというのか」

有馬少年は白い悪魔のメニューを見つめ、もう一つの力の名を言った。

「【人間の記憶を消す力】。……これは、自分自身にも使えるのですか」

「そうだ。貴様のような臆病者はどうせ役に立たんからそれでよかろう。だが忘れるな、その頭から私の記憶が消えても、私は常に貴様の傍にいる」

白い悪魔は有馬少年の頭に手を当てる。ぐがん、とまばゆい光が出たかと思うと、白い悪魔は消えた。有馬少年はその場に仰向けに倒れた。気を失っているようだった。曇っていた窓外から黄昏のような明かりが差してくる。工場内は光で満たされ――。

──有馬は再び、九条の部屋にいた。九条は揺り椅子に体を預けている。白い悪魔は、もういなかった。

「たしかにあった。あんなことが……」

有馬は思い出していた。

「契機があれば貴様の記憶は戻るようになっているらしい」

九条が言った。

「なんでそんなことを九条さんが知っているんですか」

「今まで貴様と解決して回った事件。事後に毎回、白い悪魔が現れ、貴様に【人間の記憶を消す力】を思い出させていたからだ」

「えっ？」

「もちろんそれは、私の要請だ。【悪魔の力】を使って殺人を犯した人間は、犯行を暴かれたら魔獣になる。それを倒すと、もとの人間は跡形もなくいなくなる。周囲の人間は不審に思うだろう。マスコミが騒ぎ出すと面倒だ。貴様の力を使い、周囲の人間の記憶から、当該の者を消させたのだ」

「そんなこと、俺はしてません」

「覚えていないのは当然だ。貴様は最後に自分にも、その力を使っていたのだから。事件があったこと自体は忘れていないが、人々の記憶を消したこと、この白い悪魔を見たこと、そして、自分自身が【悪魔の力】を持つことを、毎回忘れていた」

今まで九条と解決した事件を振り返る。山中湖のボートの事件、大宮の学習塾の事件、板橋の少年の事件、先日の秋部豊正の事件……。

「周囲の人間の記憶を消すのはわかります。だけど俺は、どうして自分自身の記憶も消してきたんですか」

「貴様は自分自身が【悪魔の力】を授かったことを忘れたいのではないか」

九条の言葉が有馬の心に神託のように響く。たしかに、自分自身が【悪魔の力】を持っているという事実には信じ難く、また、堪え難いものがある。たとえそれが、黒い悪魔ではなく白い悪魔から授かったものだとしても。

「いずれにせよ、今日で終わりだ。有馬、貴様は今のここでの話も、いや、私の存在も、その記憶から消すがいい。私はもう、【悪魔のトリック】の事件を追うのをやめた」

「なぜですか」

「釧路から戻ったあの日ホテルへ戻り、吹っ飛ばされた顔を見て、悟ったのだ。私はもう、人間ではないと」

「人間ではない」

九条はサングラスとマスクを外し、目出し帽も脱いだ。赤坂署の大木に吹き飛ばされた無残な顔が現れた。

「清宮に撃たれたとき、本当に死んでおけばよかったのだ」

有馬はその顔から、目をそらさなかった。

「九条さんがその力を選択したから、清宮を逮捕できたんです」

「その逮捕のために、傲慢な力を手に入れてしまった。いずれにせよ、こんな顔では捜査などできまい。そもそも人間ではない者が現世を闊歩すべきではない。私はもう表に出ない。死ぬこともなく、悪魔に力を授かった罰を受け続けるしかない」

自分が【悪魔の力】の保持者であったことへの混乱はまだある。だが、九条への気持ちは変わらなかった。この人を、捜査へ戻さなければ。

「悪魔を野放しにするんですか。そんなこと、九条さんができるわけがない」

「私の知ったことではない」

相変わらず感情のない声で言うと、九条は再びマスクとサングラスを装着した。有馬はじっと、その様子を眺めていた。

白い悪魔が再び黒い悪魔と一緒になって眠りにつかない限り、九条は自由に動き続けなければならない。肉体は死んでいるのに、その意識は永遠にある状態だ。この建物が解体され、何十年、何百年経っても、永遠にその意識は決して腐らない死んだ肉体とこの世にあり続ける……それは死ぬよりもずっと過酷（かこく）なことのように有馬には思えた。

「もう、忘れません」

「なんだと」

「俺、自分の持つ【悪魔の力】をもう忘れません。九条さん、一〇〇〇匹退治しましょう。俺は九条さんについて、犯人の周囲の関係者の記憶を消し続けますから」

「貴様が生きている間に一〇〇〇匹など」

「やってみなければわかりません。もう何匹か退治したじゃないですか。達成しないと九条さんは、永遠に死ぬことができないんですよ。それは、とてもつらいことだと思います」

「つらいなどという概念（がいねん）はもうない。私は、人間味を捨てたのだ」

「それは、嘘（うそ）です」

有馬ははっきりと言った。

「鵜沼（うぬま）君が『どんなにつらいことがあっても逃げちゃいけない』って決めたとき、九条さんは言ったじゃないですか。『それが、強さだ』って」

板橋の事件で会った少年――。九条と有馬が関わった事件の中で【悪魔の力】を得ながらそれを使うことを踏みとどまった、唯一の人間だ。

「あれで、鵜沼君は救われたと思います。彼に生きる自信と勇気を与えたあの言葉が、人間味じゃなくて、なんですか」

九条は微動だにしなかった。このニットの目出し帽の中がマネキンにすり替わっていても気づかないくらいだった。

「……知らん」

やがて九条は言った。

「私はもう、事件とは関わらない」

「俺一人でもやります。【悪魔のトリック】を一〇〇〇件暴くまで」

「やめておけ。解決できたとしても、魔獣を倒すのは貴様には無理だ」

「逃げないほうの力を選択したのに逃げようとしている九条さんよりは見込みがあります」

九条は顔を動かさない。「失礼します」と言い残し、部屋を出て行った。

9

有馬が出て行ってからどのくらい時間が経っただろうか。

窓の外はもう、暗くなりかけていた。

揺り椅子の上の九条は、腹の上で指を組んだまま、丸太のように動かない。

棺桶(かんおけ)のような静けさの中、突如(とつじょ)何かが震える音がした。

ゆっくりと九条は体を起こし、奥の間へと進む。

洋服掛けの中からスーツのジャケットを取り、そのポケットに手を入れた。スマートフォンを取り出すと同時に、何かが床に落ちた。九条はそれを拾った。黒い札入れ——もう、彼には必要のないものだった。

揺り椅子へ戻って腰を掛け、スマートフォンを九条は見た。

やがてスマートフォンと札入れを揺り椅子の上へ置くと、その顔はキッチンカウンターへと向けられた。有馬が置いていった封筒が残されていた。

九条は立ち上がり、壁のスイッチを入れた。蛍光灯(けいこうとう)がついた。

封筒の中から資料を取り出し、サングラスの向こうからじっと見つめた。

九条は【死してなお、自由に動くことのできる力】の持ち主だ。目はもう吹き飛ばされたが、字は読めるのだった。

また、時が流れた。

九条は揺り椅子を振り返った。

身をかがめ、封筒を置いて札入れを拾い上げた。

10

有馬が横浜の《Gハイムミナト横浜》に戻ってきたのは午後六時半のことだった。昼間と同じく横浜署の鴨上がマンションの前で出迎えた。ドアの前には、昼間と違う制服警官が立哨していた。

「そろそろ片付けてしまってもいいですかねえ。通常の孤独死ならもうとっくに片付けに入っている頃だって、管理会社からせっつかれていまして……」

「マルディーだ。もう少し待ってくれ」

「えっ、やっぱりマルディーですか？」

色めき立つ鴨上に、ああ、と返事しながら、部屋の中を見渡す。玄関まで溢れている、書類やチラシの数々。取材メモのようなものもあるが、何も書かれていない白い便せんが多いのも気になる。

九条がこの状況を見たら、何と言うだろう。自分の気づかないことに気づくだろう。あの人は、【悪魔の力】だけではなく、天性の鋭さを持っているのだ。

九条の部屋には署長から預かった資料を置いてきた。のみならず、疑わしい人物の情報を含めた所轄署の情報や、有馬自身が現場で感じたことなど、長いメッセージを九条の携帯に送った。返事はなく、徒労感だけが残っている。

もう一度、九条と現場を見たい。もう一度、共に事件について考え、出し抜かれ、驚き、そして、解決の場に居合わせたい。

有馬は強く自分がそう思っていることに気づき、余計に空しくなった。

何の成果も得られないまま、一時間が経過した。そろそろあきらめようと考えていたそのとき、扉がノックされ、制服警官が顔を覗かせた。

「お話があるという人が見えていますが」

有馬は鴨上と共に部屋を出た。廊下に、ボーダーのセーターを着て、髪を金色にした二十歳くらいの男がいた。

「あの……俺、上の501号室に住む永松綾子(ながまつあやこ)と付き合ってる、平田(ひらた)っていう者なんですけど」

おどおどした様子で、彼は言った。

「ここで変死体が見つかったって聞いて……言っとかなきゃいけないと思って来ました」

「何か知っていることが、あるんですか」

「一週間前、俺、綾子の部屋と間違えてこの部屋のドア、開けたんですよ」

平田はその日、大学のサークルの飲み会で終電を逃し、恋人である永松の部屋へ泊まることになった。階段を上がり、五階だと勘違いしてこの部屋のドアにたどり着いたのだという。

「ドアは、十センチくらい開いて止まっちゃいました。中は真っ暗で、声をかけても綾子が出てこなくて、なんかおかしいなと思ったんで部屋番号を見て、ようやく綾子の部屋じゃないってわかったんです。そのあとは、上の501に行って、すぐ寝てしまいました」

「ドアチェーンがかかっていたということかな」

「いや、酔ってたんではっきりは言えないですけど、チェーンはなかった気がします。でも、力を込めても、十センチ以上はなかなか開かなくて……」

どういうことだろう? 現場は、密室だったということだろうか。【悪魔のトリック】が関わる、異常な死体の事件にまた謎が一つ増えた。絶望的だ。やっぱり、自分にはこんな事件は無理だ……有馬が頭を抱えそうな気持ちになったそのときだった。

「スプリンクラーが作動する前に、部屋を見られたくなかったのだろう」

重い声が廊下に響いた。コツコツと響く靴音。やがて角から目出し帽にサングラスとマスクを着用した人物が現れた。黒いスーツに黒いシャツ。白いネクタイが映えている。有馬以外の三人はその異様ないでたちにぎょっとしていた。

「九条さん！」

有馬の呼びかけには答えず、九条はすたすたとやってくると４０１号室のドアを開け、入っていった。

「ちょっと、あんた！」

「マルディーの相棒だよ」

鴨上を制して、有馬も九条の後を追う。鴨上も入ってきた。九条はわき目も振らず、被害者が座っていた椅子のそばまでくるとしゃがみ、その脚のちかくの床をじっくりと観察した。水によるしわのついた紙類が散らばっているだけだ。

「貴様、神奈川県警の刑事か」

床から目を離さず、九条が問うた。

「は、はっ。横浜署の鴨上です」

「今すぐ鑑識を呼び、この部屋の紙に残された繊維を調べろ。椅子の周囲だけ、特別な繊維が集中しているはずだ」

「はっ！」

九条の持つ雰囲気に恐れをなしたのだろう。鴨上は携帯電話を取り出し、逃げるように部屋の外へ出た。

「どういうことですか、九条さん」

「犯人は和田窪に強烈な恨みを持ち、グルメライターである彼にとっての最大の屈辱と苦痛を与えながら殺害しようと考えた。和田窪をここに座らせ、まったく動けない状況にしておいて、目の前に食べ物を置いたのだ」

いつもの口調を取り戻している九条に喜びを覚える一方で、有馬は謎に頭を掻きまわされている感覚になる。

「いったい、犯人の使った【悪魔の力】は何なんですか？」

「【紙を鋼鉄のように硬くする力】だ」

「紙？　ここに座らせて、紙で縛ったっていうんですか？」

「縛っただけでは数日間の飢餓状態で体がやせた後抜け出されるかもしれない。もっと強固に椅子に留める方法がある。和田窪に、紙のシャツとズボンを身に着けさせることだ」

あまりに突拍子もないことに、有馬は言葉を失った。

「犯人は紙の衣装を身にまとわせた和田窪を椅子に座らせて【悪魔の力】を使った。形が決まった状態で、着ているシャツとズボンが鋼鉄のように硬くなった彼は、立つことはおろか、動くことすらままならなくなったわけだ」

その状況を想像し、有馬はおぞましくなった。身に着けているものによって体を拘束され、食べ物を目の前に、彼はどんどん衰弱していったというのだ。

「……でも、発見されたときにそんな紙はなかった」

【悪魔の力】を使って硬くなった紙でも、その根本的な性質は変わらなかったものと見える。水に溶ける紙だったらどうだ」

「水に溶ける紙……」

スプリンクラーは小一時間ばかり作動していたはずだ。そのあいだに身に着けていたシャツとズボンは水に溶けて流れてしまったと九条は言うのだった。

「性質が変わらないのなら、燃やしてしまったほうがよかったのでは?」

「犯人は、スプリンクラーが火に対してどの程度の感度を持つか知らなかった。もしわずかな煙で作動してしまったら、紙の服が燃え残るかもしれない。それならいっそのこと、溶かしてしまったほうがいい」

聞きながら有馬は遺体の状態を思い出し、あっ、と声を出した。

「おむつは、尿でズボンが溶けるのを防ぐために穿かせたんですね。ベビーエプロンは、涙や涎でシャツが溶けるのを防ぐためだ」

「大声を出されるのを防止する目的も兼ねてタオルハンカチを噛ませ、口からうなじにかけて紙で縛っただろうが、涎が漏れないとも限らないからな」

不可解な遺体の状態と共に、椅子の脚元のタオルハンカチの謎も解けた。床に散らかされた紙類は、溶けた紙の繊維をごまかすためのものだったのだろう。和紙だけではなく、コピー用紙やチラシでカモフラージュするという念の入れようだったわけだ。

「犯人は被害者を強い睡眠薬で眠らせてから着替えさせた。起きてからしばらく被害者は生きているから、睡眠薬の成分は代謝されて体内に証拠は残らない」

「被害者が眠っているあいだにスプリンクラーが作動するタイマーを仕掛けたんですね」

九条はうなずいた。

「人間は水を断つと二週間程度で死に至るというからそれよりは長い期間を取らねばならない。しかし、あまり長く期間を取ると、和田窪の知り合いが部屋にやってくるかもしれない。一か月という設定はその間を狙ったものだったのだろう」

「スプリンクラーが作動する前に誰かが部屋に入ってきたら、彼の着ている服を見られてしまう可能性がある。だからドアが開かないような細工をした……というのはわかるんですが、それはどういうトリックなんです？」

有馬が訊ねると、九条は「あれだ」と入り口ドアの、蝶番側の上部を指さした。油圧によってドアの閉まるスピードを緩める部品がついている。折り畳み傘の支柱のように二本の金属棒が組み合わさっていた。

「ドアクローザー？」

「【悪魔の力】が物に影響を及ぼす場合、対象物に手を触れる必要がある。犯人は外に出て、踏み台を使い、少し開いたドアの隙間から手を入れ、二本の金属棒をまとめるように紙を巻き付け【紙を鋼鉄のように硬くする力】を使った。ドアクローザーは鋼鉄の輪がはまったのと同じ状態になり、ドアは十センチほどしか開かなくなる」

その紙も、スプリンクラーの水で溶けてしまったというわけだ。残る謎は一つ。

「九条さん、犯人というのは？」

「和田窪の体に合ったサイズで、紙のシャツやズボンを作ることのできる人物」

九条はポケットからスマートフォンを取り出した。

「貴様からのメッセージによると和田窪の元恋人の姉が服飾の専門学生ということだが」

「石部佐代子ですね。ですが、彼女は山梨県の身延町に引きこもっていて……」

「その身延町だが、和紙の生産地であることは知っているか」

「えっ？」

訊き返した有馬の顔を、サングラスの向こうからの視線が捉えていた。

「現地の警察署に電話して調べさせたところ、水溶性の和紙を作っている工房の存在が確認できた」

「それじゃあ……」

有馬はテーブルを振り返る。和紙のシャツとズボンを着た和田窪の前に、和田窪の好きな日本各地の駅弁を並べていく石部佐代子の姿が見えた気がした。

「でも九条さん、よく知ってましたね、身延町が和紙の生産地だなんて」

九条はスーツのポケットに手を入れ、有馬に何かを放り投げた。とっさに摑み、手の中を見る。頭に紐の付いた、青いズボンをはいた男の子――小さな、手作りの紙人形だった。

「なんですか？」

「お守りだ、取っておけ」

意外な一言に、有馬は思わず笑いそうになったが、我慢した。この人の言うことはわからない。わからないが、決して人間味のない人じゃないのだ。

「車を出せ。身延町に向かうぞ」

「はい」

二人は現場を出た。どこへ行くんですかと鑑識への電話を終えた鴨上が訊ねてきたが、「また連絡する」とだけ言い残し、階段へと向かう九条を追う。

「九条さん」

一階のエントランスまで下り切ったところで、有馬は話しかけた。

「戻ってきてくれると思っていました」

すると九条は足を止めた。

「貴様の仕事を思い出しただけだ」

「俺の、仕事？」

「そうだ。貴様の仕事は三つある。私の足となり車を運転すること、事件解決後に周辺の者の記憶を消すこと、そして――」

九条は振り返った。

「私の死を見届けることだ」

「はい」

有馬は力強く答え、九条を先導すべくマンションのドアを押し開ける。

悪魔が作ったような暗くて冷たい夜が、二人を待ち受けていた。

初出

序	書下ろし
モーター姫は沈まず	小説NON平成三十年七月号
見えない抜け道	小説NON平成三十年九月号
それが、強さだ	小説NON平成三十年十一月号
わかれる者、遠きにありて	小説NON平成三十一年二月号
九条と有馬	小説NON平成三十一年三月号

本作品はフィクションです。実在の個人・団体などとはいっさい関係ありません。

一〇〇字書評

切り取り線

購買動機（新聞、雑誌名を記入するか、あるいは○をつけてください）	
□（　　　　　　　　　　　　　　　　）の広告を見て	
□（　　　　　　　　　　　　　　　　）の書評を見て	
□ 知人のすすめで	□ タイトルに惹かれて
□ カバーが良かったから	□ 内容が面白そうだから
□ 好きな作家だから	□ 好きな分野の本だから

・最近、最も感銘を受けた作品名をお書き下さい

・あなたのお好きな作家名をお書き下さい

・その他、ご要望がありましたらお書き下さい

住所	〒				
氏名		職業		年齢	
Eメール	※携帯には配信できません	新刊情報等のメール配信を　希望する・しない			

この本の感想を、編集部までお寄せいただけたらありがたく存じます。今後の企画の参考にさせていただきます。Eメールでも結構です。

いただいた「一〇〇字書評」は、新聞・雑誌等に紹介させていただくことがあります。その場合はお礼として特製図書カードを差し上げます。

前ページの原稿用紙に書評をお書きの上、切り取り、左記までお送り下さい。宛先の住所は不要です。

なお、ご記入いただいたお名前、ご住所等は、書評紹介の事前了解、謝礼のお届けのためだけに利用し、そのほかの目的のために利用することはありません。

〒一〇一－八七〇一
祥伝社文庫編集長　坂口芳和
電話　〇三（三二六五）二〇八〇

祥伝社ホームページの「ブックレビュー」からも、書き込めます。
http://www.shodensha.co.jp/bookreview/

祥伝社文庫

悪魔のトリック

令和元年5月20日　初版第1刷発行

著　者　青柳碧人（あおやぎあいと）

発行者　辻　浩明

発行所　祥伝社（しょうでんしゃ）
東京都千代田区神田神保町3-3
〒101-8701
電話　03（3265）2081（販売部）
電話　03（3265）2080（編集部）
電話　03（3265）3622（業務部）
http://www.shodensha.co.jp/

印刷所　図書印刷
製本所　図書印刷
カバーフォーマットデザイン　芥 陽子

Printed in Japan ©2019, Aito Aoyagi　ISBN978-4-396-34522-8 C0193